戦国武将の歌

Sengoku Busho no Uta

綿抜豊昭

コレクション日本歌人選014
Collected Works of Japanese Poets

笠間書院

『戦国武将の歌』目次

凡　例

一、本書には、戦国武将の歌四十、連歌七、漢詩四を載せた。

一、本書は、戦国武将の歌を中心とする文芸について概観することを特色とし、歌に重点をおいた。

一、本書は、次の項目からなる。「作品本文」「出典」「口語訳」「閲歴」「鑑賞」「脚注」「概観」「人物一覧」「筆者解説」「読書案内」「付録エッセイ」。

一、テキスト本文は、適宜漢字をあてて読みやすくした。

一、鑑賞は、一作品につき見開き二ページを当てた。

一、採り上げた人物が複数にわたるので、それぞれの人物の事跡を口語訳のあとに【閲歴】として簡略に示した。

戦国武将の歌

01

歌連歌《うたれんが》ぬるき者ぞといふ人の梓弓矢《あづさゆみや》を取りたるもなし

三好長慶《みよしながよし》

【出典】『戴恩記《たいおんき》』

「和歌や連歌をする人は軟弱者だ！」という人がいるけれども、そういう人に限って弓矢を取ってふれることもせず、もちろん戦うような本物の武者はいないものだよ。

【閲歴】三好元長の長子。はじめ細川晴元政権を支えるが、後に晴元を京都から追放、さらに後に将軍足利義晴を逃亡させ、幕府の実権を握る。晩年は親族をなくし、松永久秀に実権を奪われ、失意のうちに病没した。その三回忌に、長慶が帰依した禅僧大林宗套が「心に万葉・古今をそらんじ、風月を吟弄すること三千」と、その人物を称えた（一五二二―六四）。

【語釈】○梓―もともとは梓の木で作った弓。後に弓に関連することばにかかる枕詞としても使われる。ここでは「弓矢」にかかる枕詞。

武将にとって必要とされるのは、第一に「武」であるから、「文」を軽視したり、不要だとする者が当然ながらいる。この長慶の歌は、そうしたことをよく口にする武将を非難して詠《よ》まれたものである。こうしたメッセージ性の強い歌は、相手を考えて、わかりやすいものが多い。この歌も、武闘派に向けたもので、文学性はないが、わかりやすい。

最盛期に京都を中心に九ヶ国にまたがる地域を治め、「天下の主」といわれたのが長慶である。三好氏は甲斐源氏《かいげんじ》の小笠原《おがさわら》氏の支流ともいわれる。礼法で知られる小笠原氏の支流だからというわけではあるまいが、歌会などでの行儀のよさも天下一であったようだ。この歌をのせる貞徳《ていとく》の『*戴恩記』によれば、長慶は、連歌《れんが》の会などで、まるで死体のように動かず、あまりに暑いときはかたわらに置いた扇をとって、静かに使用し、畳の目一分《いちぶ》と違わずに、もとに戻したという。細川幽斎《ゆうさい》は、歌の会でそれと同様にふるまい、その弟子の*松永貞徳もそのようにしたい、といっている。江戸時代初期、いわば〈文化の天下人〉であった幽斎と貞徳とに「見習いたい」といわしめる人物であったのである。

右の歌を理解するには『*早雲《そううん》寺殿《じどの》二十一《にじゅういち》箇条《かじょう》』が参考になる。その最後に「文武弓道の道は常に心がけるべきものである。文を左にし、武を右にするのは古《いにしえ》の法、ともに備えなければならない」といったことが記されている。「文を左に、武を右に」とは〈文〉〈武〉を用いて領地を治めることである。国を治めるような、上に立つ武将には、こうした理念・理想が必要だったのである。

*戴恩記―松永貞徳が著した歌学随筆集。幼少時代からの師の思い出を語るとともに、二条派和歌の正統性を説き、当時の歌壇や文壇のさまざまな動きを記している。

*松永貞徳―歌学者、俳人。貞門俳諧《ていもんはいかい》の祖（一五七一―一六五三）。

*早雲寺殿二十一箇条―伊勢（北条）早雲が著したという家訓。

02

やがてはや国おさまりて民安《やす》く養《やしな》ふ寺も立ちぞ帰らん

足利義政《よしまさ》

すぐに国が治まって民も安心して身を養い、あなたもまもなく安養寺《あんようじ》を立ってこの都に戻ってくるであろう。

【出典】『常徳院詠』

【閲歴】義教の子として室町幕府第八代将軍につく。（在職一四四九—七三）。日野富子と結婚。一四六四年、弟義視を跡継ぎとしたが、翌年富子が義尚を生み、富子は自分の子を跡継ぎにするため、山名宗全と結んで義視を排斥しようとし、それが応仁の乱の原因の一つとなる。一四七三年、義尚に将軍を譲る。一四八三年、東山山荘を造営して隠遁し、東山殿と称された。一四八九年に義尚が没すると政務に復帰したが、翌年病死。東山文化を主導した人物として知られる（一四三六—九〇）。

義政の子義尚《よしひさ》が、幕府に逆らう＊六角高頼《ろっかくたかより》の討伐《とうばつ》のため近江に出兵したときのものである。義尚が坂本から鉤《まがり》の里の安養寺に移ったおり、「坂本の浜路を過ぎて浪安く養ふ寺に住むと答へよ」と父の義政に現状を知らせた歌に対する返歌である。義尚の歌は「安養寺」を「安く養う寺」と訓読みして、機《き》知《ち》的に詠み、自分の安否《あんぴ》を知らせたもの。義政も「安く養う寺」を使って詠

＊六角高頼—近江国守護佐々木久頼《ひさより》の嫡子。所領押領などをしたため、幕府はたびたび高頼討伐の軍を近江に出した（？—一五二〇）。

み、義尚が戦勝し、平和が訪れ、無事帰ることを願っている。親子の情を感じさせる贈答歌といえよう。この贈答は義尚の『常徳院詠《じょうとくいんえい》』*に見える。

義尚が死んだとき、義政は「埋《う》もれ木の朽《く》ち果つべきは残りゐて若枝《わかえ》の花の散るぞ悲しき」と詠んだ。すぐにも朽ち果てそうな、埋もれた木のような私は生き残り、若い枝に咲いた花のような、まだこれからの息子が死ぬというのは悲しい、という意味である。悲嘆の中で、その気持ちを歌にできるところに、歌を詠む行為が生活の一部であったことをうかがわせる。

将軍義政は、はじめ「義成《よししげ》」という名であった。「義」「成」のどちらにも〈武〉を意味する「戈《ほこ》」が含まれており、〈武〉によって国を治めてほしいという周囲の願いがこめられていたらしい。しかし、後に自ら義政と改名する。仁政《じんせい》を願ってのことという。

何かのおりに歌を送り、送られた側が歌を返すことは、貴族社会では社交の常識である。しかし、武士同士ならば、特に歌で安否を知らせなくても、歌で戦勝を願わなくてもよい。それにもかかわらず、それが武士の身分社会で最高位にある将軍家でおこなわれ、日常会話のように取り交わされるようになっていたのである。

＊常徳院詠―足利義尚の家集。

03

人心《ひとごころ》まがりの里ぞ名のみせんすぐなる君が代に仕へなば

足利義尚《よしひさ》

【出典】『常徳院詠』

まっすぐな正しい君にお仕えしたならば、まがりの里に住む人の心もまっすぐになり、まがりはその里の名だけになるだろう。

【閲歴】室町幕府九代将軍（一四六五―八九）。十一歳で将軍職についた。義政の長子。母は日野富子。一四七七年の応仁の乱終結後、政務に関心を示し、一条兼良は義尚のために帝王学の書として『樵談治要』を献じた。大規模な和歌の撰集を行おうとしたが、陣中で没したため中絶した。法名常徳院。『常徳院詠』は義尚の家集。また十代で『新百人一首』を編んでいる。

義尚は、第九代将軍である。第八代将軍義政《よしまさ》と*日野富子《とみこ》の間に生まれた。「大果報の子」といわれ「天下太平の基《もとい》」といわれたが、応仁《おうにん》の乱の原因となり、それが戦国時代に続く原因の一つとなった。義尚のことは『*塵塚《ちりづか》物語』の最初にとりあげられ、武芸のあいまに歌に専念していたことが記される。寺社の所領を押領《おうりょう》した六角高頼《ろっかくたかより》を討ちに近江に出征した。しかし、長年

*日野富子―足利義政の正室。政治に深くかかわったことや、理財の才にすぐれて財産を多く残したことなどでよく知られる（一四四〇―九六）。

*塵塚物語―作者不詳。室町

の不養生《ふようじょう》がたたったか、二十五歳という若さで鈎《まがり》の陣中で没することになる。

鈎の陣にあったときに、*後土御門《ごつちみかど》天皇から「君住めば人の心のまがりをもさこそはすぐに治めなすらめ」の歌が送られた。あなたが住めば人のまがった心もすぐにまっすぐになってすぐに治まるであろう、という励《はげ》ましの歌である。その返歌が右の掲載歌である。技巧としては「鈎」に「曲がり」を掛けていることしかないが、先の義政と義尚の和歌贈答と同様、地名にあらたな意味をとりなしたところが、理知的でよいのである。

先の将軍と今の将軍、そして天皇と将軍という権威のある人たちの間のコミュニケーションでは、このように歌がやりとりされるのである。となれば、将軍家周辺の武将たちや、将軍家とかかわりを深くしたい地方の武将たちが、歌を学ぶのは当然のことといえよう。義尚に仕えていたこともあるとされる北条早雲《そううん》は「歌を学んでない人は、無能で、賤《いや》しい。学ぶべきだ。そうすれば、普段のもの言いに慎みがあり、一言でも人の気持ちが分かるものである」（早雲寺殿二十一箇条）といっている。他人の歌を理解でき、自分の思いを伝える歌を詠《よ》むことができるようになるために、武将たちは歌を学んだ。彼らにとって歌はまさに実学であったのである。


末期成立。名君名師の逸話集。
＊後土御門天皇―第一〇三代天皇（一四四二―一五〇〇）。

04

苔《こけ》のむす松の下枝《したえ》に寄る波の寄るとも付かず玉ぞ乱るる

大内義隆《おおうちよしたか》

【出典】『筥崎宮法楽和歌』

苔がはえる、千年もの長きにわたって生えている松の下枝に波が寄せているが、波が寄せてもその波が苔のようにつくことなく、水玉となって散り乱れていることだ。

【閲歴】大内義興の子。一五二八年、義興の病死の後、家督をつぐ。周防・長門他の守護。大友氏、尼子氏など反大内勢力と戦う。一五五一年、有力家臣の陶晴賢が反乱し、敗れて自殺。文事に傾倒した貴族的な守護大名であった（一五〇七—五一）。

現在の福岡県にある筥崎《はこざき》八幡宮におさめられた法楽《ほうらく》の歌である。筥崎の海岸は千代の松原といわれる名勝《めいしょう》である。この地を訪れた連歌師《れんがし》＊宗祇《そうぎ》は「筥崎の松はどれも神々しくありがたいのに、なぜ一本だけを「しるしの松」と神木《しんぼく》にしたのだろう」と詠んでいる（宗祇法師集）。

国歌「君が代」にも「苔のむすまで」とあるが、それは苔がはえるように

【語釈】○玉—美しい石の総称として、また球形をしているものの総称として用いる。ここでは水玉のこと。真珠のことを玉といい、美しいもののたとえとしても用いるので、この歌も、真

なるまで長い年月がかかるということを意味している。ここでは苔がはえるまで長く生きている松ということである。『万葉集《まんようしゅう》』に「乙女の名は千年後も伝わるだろう。姫島の小松の梢に苔が生えるほど長く」（二二八）とあるように、古くから詠まれているいいまわしである。松の下枝には波が打ち寄せるのだが、苔とちがって松につくことはなく、水玉となって散っている。そうした景色を詠んでいる。青松《せいしょう》に波が寄っては砕《くだ》け散《ち》るさまを描いた水墨画のような歌である。「苔の」「松の」「波の」の「の」、「寄る波の寄る」の「よる」、「寄る」と「乱るる」の「る」、こうした繰り返しが、リズム感を出しており、うまい。

歌は人と人とのコミュニケーションにおいてだけではなく、神仏とのコミュニケーションにおいても重要であった。なぜなら神仏はよい歌を楽しんでくださる、と考えられていたからである。法楽の和歌とは、神仏に楽しんでいただくために詠まれたもので、それは寺社に奉納《ほうのう》されるなどした。なぜ神仏に楽しんでいただこうとしたか。それは御加護《かご》、つまり守っていただくためであり、ある時はお願いをかなえていただくためである。*神仏の加護を願う武将たちにとって、歌が詠めることは実利的な意味があったのである。

珠のような水玉が飛び散る、美しい光景を詠んだともとらえることができよう。

*宗祇―室町時代中期の連歌師。連歌を大成し、准勅撰の『新撰菟玖波《つくば》集』を撰定した（一四二一―一五〇二）。

*神仏の……―こうしたことは兜《かぶと》にも見られ、上杉謙信は三宝荒神《さんぽうこうじん》兜を使用し、森蘭丸の兜の前立てには「南無阿弥陀仏」と刻まれていたという。

05

伊勢の海千尋《ちひろ》の浜の真砂《まさご》にもなほ数まさり国ぞさかへん

蒲生智閑《がもうちかん》（貞秀《さだひで》）

【出典】『蒲生智閑和歌集』

伊勢の海の長く続く浜の真砂の数よりも、さらにそれ以上にわが国は栄えるであろう。

【閲歴】生没年不明。一五一三年、七十歳で没か。近江国蒲生郡の豪族。先祖は、平将門を倒し、ムカデ退治伝説（『俵藤太絵巻』）で知られる藤原秀郷とされる。

詞書《ことばがき》によれば、文明《ぶんめい》十年（一四七八）九月十五日、伊勢太神宮に参詣して、法楽《ほうらく》の歌として詠み申し上げたものである。伊勢太神宮は、三重県にあり、日本において最も知られる神社の一つ。題は「祝言《*しゆうげん》を聞くに寄せて」。

今は、たとえば宮崎駿《はやお》の映画『千と千尋の神隠し』のように、「千尋」は人の名前として用いられることが多い。だが「尋」は長さの単位である。一

*祝言—祝いのことば。

尋は両手を左右に広げた両端の長さをいい、それがだいたい一・五（または一・八）メートルの長さをはかる単位として用いられるようになる。掲載歌の場合、千尋は、一・五（または一・八）キロメートルの長さを具体的に示しているのではなく、きわめて長いことをいっている。その長久がよいこととして名前に用いるようになったと考えられる。また浜の真砂は、浜辺にある砂のことで、数え尽くすことはできないことから、数多いことをいう。この二つの豊富な例をあげて、それ以上に豊かに国が栄えるだろうというのである。先の大内義隆《よしたか》の歌もそうだが、法楽の歌は、「広・大・長・久・多」といっためでたい言葉がキーワードで、これらがいかに表現されているかが、歌の評価の一つのポイントである。

智閑は、今でこそ知っている人がまれだが、宝暦《ほうれき》二年（一七五二）に刊行された奇談集『新編奇怪談《きかいだん》』に「歌道にも達して、新つくば集*にも入りたり」と見え、江戸時代にはそれなりに知られた歌人であった。また、元禄《げんろく》八年（一六九五）に刊行された『蒲生軍記《がもうぐんき》』には、合戦での武勇が語られ、「武芸はいふに及ばず、歌道にも達したり」とある。「文武を兼ねている」ということが、歌を詠む武士に対する誉め言葉の定型になっていることはおさえておきたい。

＊新つくば集―『新撰菟玖波《つくば》集』のこと。宗祇《そうぎ》他編。准勅撰連歌集。智閑は五句入集。

06

梓弓《あづさゆみ》おして誓ひを違《たが》へずは祈る三島《みしま》の神も受くらん

北条早雲《そううん》

【出典】『続武家百人一首《しょくぶけひゃくにんいっしゅ》』

無理をして誓ったことでも違えないようにいつも祈っている。私と同様、三島の神様にとってもむずかしいことかもしれないが、今頃は願いを受け取ってくださっているであろう。

【閲歴】享年には異説がある。後北条氏の祖であり、今日では北条早雲の名で知られるが、生前は伊勢早雲と名乗っていた。駿河守護今川義忠の家督相続を巡ってその子氏親を支持し、氏親を今川家の家督とした功により、駿河の富士下方の領地を与えられ興国寺城主となった。後に伊豆を平定、大森藤頼の小田原城を攻略、山内上杉・扇谷上杉両氏の抗争を巧みに利用して領域を拡大、さらに相模国を征服した。一五一九年、韮山城で死去（一四五六?―一五一九）。家訓に『早雲寺殿二十一箇条』がある。

「梓弓」はアズサの木で作った弓のことであるが、ここでは「おして」にかかる枕詞《まくらことば》。「弓を射る」から「いる」、「弓に弦を張る、引く」から「はる」「ひく」、弓を引くと音がするから「音」に、などと弓に関連する言葉の枕詞となる。枕詞なので、特に意味はないようだが、「違へずは」の主語は早雲であるから、訳さないにしても武士のイメージを漂わせている。

「誓ひ」は願掛け《がんか》。神仏に願いをかなえてもらうために、自分の好物《こうぶつ》をやめることを誓うことがあった。女性初の国会議員秘書官になった辻トシ子が、「仕事に早く慣れるために願掛けして、大好きなコーヒーを断ちました」と述べている。最近はほとんど聞くことがなくなったが、願掛けのために何かを絶つというのは、昭和になってからもよくおこなわれていた。早雲も、実行するのがむずかしいこと（具体的には不明）をして、何かを祈っているのである。

早雲が祈った先は「三島の神」である。伊豆《いず》にある三島大社のことである。この神社で早雲は、両上杉*を倒して、支配することになる、という夢をみたとの伝説もある。早雲の願いも戦勝であったと考えてよいのではないか。「三島の神も」の「も」は、私もたいへんだが、神様もかなえるのが容易な願いでなく、たいへんである、ということであろう。「受くらん」は、今頃は神様も願いを受け取ってくれているだろう、ということである。「受くべし」として、自分がたいへんな思いをしているのだから、神様も受けるべきだ、といわずに、「受くらん」と慎《つつし》み深くいってるところが、足利義尚《よしひさ》の歌の鑑賞であげた『早雲寺殿二十一箇条』の「慎み」に通じ、また老獪《ろうかい》さを感じさせる。

*両上杉―山内上杉と扇谷上杉の二氏。

07

かくばかり遠き東《あづま》の富士の嶺《ね》を今ぞ都の雪の曙《あけぼの》

大内義興《よしおき》

はるかに遠い東国の富士の嶺を、今眼前に見ているかのように雪の積もった比叡山を見ながら、都において雪の曙をむかえている。

【出典】『再昌草《さいしょうそう》』

【閲歴】大内政弘の長子。一四九四年、政弘の病により家督を継ぐ。周防、長門他の守護。周防に下向した前将軍足利義稙を庇護し、一五〇八年、義稙と共に上洛し、義稙を将軍に復活させ、山城守護として活躍。一五一八年、山口に帰る。のち尼子氏と安芸国内で戦い、安芸の陣中で病となり、山口で没した。武勇を誇り、文事に優れた、理想的な武将像をとどめる（一四七七—一五二九）。

永正《えいしょう》八年（一五一一）十二月二十五日、管領代《かんれいだい》として京都にいた義興が、嵯峨野の西芳寺《さいほうじ》から雪の比叡山《ひえいざん》を見て詠んだ歌である。*三条西実隆《さねたか》の『再昌草』に載《の》っている。富士は言うまでもなく、『万葉集』『竹取物語』など多くの文学作品にみられる名峰《めいほう》。『百人一首』に採録されて有名な、山辺赤人《あかひと》の「田子《たご》の浦にうちいでて見れば白妙《しろたへ》の富士の高嶺《たかね》に雪は降りつつ」は、富士

【語釈】○富士—京では山といえば比叡山を想起し、これを「大比叡《おおひえ》」ともいう。これに比較されて詠まれるのが富士山である。

*三条西実隆—室町後期の歌人・歌学者（一四五五—一五三七）。

の峰に雪が降っているさまを詠《よ》んでいる。義興は、実際に富士を見たことはなかろうから、歌といった文字で書かれたものからか、あるいは絵画などを見て、富士のイメージを形成したと考えられる。

翌年、この歌が「殊勝《しゅしょう》」ということで、一条冬良《ふゆら》、近衛尚通《ひさみち》など十三名の公家がこれに和した歌を詠《えい》じただけでなく、*後柏原《ごかしわばら》天皇から「雪に見た山は富士の峰であるが、大内家の歌の名声は富士山の上にある雲の上までとどくほど高い」といった、大内家の代々が歌人としてすぐれていたことを詠んだ歌の自筆を賜っている。

中国地方の多くを治めていた大内氏は、歌をたしなむ家風があり、歴代の多くが、単にコミュニケーションの道具としてだけでなく、それを味わい楽しむことができる域に達している。当時の歌を詠む人たちが、歌の出来映えについて評してもらうとしたら、まず公家歌人がのぞましく、可能ならば天皇であった、といって過言ではない。*天皇自筆は簡単に入手できるものではない。義興はさぞかし嬉しかったと思われる。ただし深読みすれば、この出来事は、京都治安《ちあん》のために義興を京都にとどめたい公家たちの政治的意味合いが強く、「殊勝」というのは鵜呑《うの》みにはしがたいところである。

和歌の権威として多くの門弟が出入りした。古筆鑑定家としても著名で、宗祇も出入りしている。

*後柏原天皇—第一〇四代天皇（一四六四—一五二六）。財政難のため、即位後二十一年間も即位式をあげることができなかった。その家集『柏《はく》玉《ぎょく》集《しゅう》』は、後世に「三《さん》玉《ぎょく》集《しゅう》」の一つとして二条派歌人たちによく読まれた。

*天皇自筆—「宸筆《しんぴつ》」という。

08

思ひきや筑紫《つくし》の海の果てまでも和歌の浦浪かかるべしとは

大友宗麟《そうりん》（義鎮《よししげ》）

【出典】『大友公御家覚書《おおともこうおいえおぼえがき》』

思っていただろうか、いや思いもしなかった。まさか遠く離れたこの筑紫の海の果てまでも、和歌の浦の浪がかかることがあろうとは。

【閲歴】義鑑（一五〇二―五〇）の長子。法号は宗麟、洗礼名はドン・フランシスコ（一五三〇―八七）。豊後など、一時は北九州六カ国を支配し、大友氏最盛期をむかえる。後に島津氏に敗れ、秀吉に助けをもとめるなどした。キリスト教を保護し、南蛮貿易をおこなう。

九州のキリシタン大名として知られる義鎮に*後奈良《ごなら》天皇が、「*雪の中の早苗」「*蛍火の灰」という、詠むのがむずかしい歌の題を下された。義鎮は、前者の題には「田子《たご》の浦の里人は、富士山が水面にうつっている田で早苗をとっているなあ」といった内容の歌を詠み、後者には「一晩中灯した蛍の火が消えてみえなくなった、蛍は池にはえている真菰《まこも》に這いかかっているのだ

＊後奈良天皇―第一〇五代天皇。後柏原天皇の第二皇子（一四九六―一五五七）。

＊雪の中の早苗―「雪」は冬、「早苗」は夏のものであるので季節が異なる。そこで夏の富士山の頂の雪

なあ」といった内容の歌を詠んだ。そして最後に「天子より歌の題を下されたる心を」として詠まれたのが右の歌である。

「思ひきや」は、思っていなかったことを強調する時の常套句《じょうとう》。最初に置いて、感動詞のように用いている。「筑紫」は、筑前《ちくぜん》・筑後《ちくご》の両国、「海の果て」は、海の最も端。この地を治めていた義鎮のことを暗に示している。「果て」というところに、「都から遠くはなれたところにいる自分」という、卑下した感情をくみ取れる。「和歌の浦」は、現在の和歌山市和歌浦。京都ではないが、歌にちなんで「和歌の浦」といっただけで、暗に天皇のことを示している。「浪かかる」とは、影響などを受けたりすることを比喩することがあり、ここでは暗に天皇に歌題をいただくことを意味する。

表の意味は訳にあげたとおりだが、裏の意味は「遠国にいる義鎮に、都にいる天皇が、歌題を送ってくるとは、思いもしなかった」ので感謝感激ということである。義鎮の力量のほども伺われるというものだが、実は、この歌は、室町中期の武将*大内持世の歌を場に合わせて転用したものであった。こういう事は昔からよくあり、それが出来たという点でも義鎮の一つの功であったろう。

が、水面にうつる中で、早苗をとると詠んだ。

＊蛍火の灰―「蛍火」は実際に燃える「火」ではないので「灰」が出ない。そこでおなじ音の「這ひ」を詠み込んだのである。

＊大内持世の歌―大日本古記録所載臥雲日件録、長禄三年（一四五九）八月七日の条に見える二首の内の一首。大内（多々良）持世（一三九四―一四四一）は、新続古今集にも三首採られた武将歌人。

【補注】なお、この歌、父義鑑の話という説もある。

09

青海《あをうみ》のありとは知らで苗代《なはしろ》の水の底にも蛙《かはづ》鳴くなり

長尾為景《ためかげ》

【出典】『関ヶ原軍記大成《たいせい》』

青いひろびろとした海があるということも知らずに、狭い苗代の水の底でも蛙が鳴いているのである。

【閲歴】上杉能景の子。上杉謙信の父。越後国守護上杉房能の守護代をつとめていたが、やがてこれを攻め、敗死させた「下克上」の人。合戦にのぞむこと百回といわれる猛将。内乱中に病死、六十六歳だったとも（一四八九？―一五四二？）。

『関ヶ原軍記大成』*に、為景は「極めて強将なるが、常々和歌を好み、叡《えい》覧《らん》にそなへられし歌の巻あり、その巻尾に」として載る歌である。「叡覧」とは、天皇がご覧になること。どのようなものでも天皇がみるわけではなく、まわりのものたちが取捨選択する。取捨選択にあたっては、歌のよしあしよりも、その歌を詠じた者が、どのような人脈をもって天皇にみ

＊関ヶ原軍記大成―宮川尚古編。正徳三年（一七一三）序。関ヶ原合戦の始末を記したもの。

ていただこうとしているか、どのような謝礼《しゃれい》をできるかが重要となる。公家であれば先祖からの血のつながりがあるから人脈で苦労することはないが、武将にとっては、けっして簡単なことではない。だからこそ、天皇にみていただくことは価値がある。将軍家や高貴な人たちと人脈を持ち、謝礼ができる経済的余裕があることを示すことでもあるからである。

さて掲載歌は、よく知られることわざ「井の中の蛙大海《たいかい》を知らず」*をふまえた歌である。『井蛙抄《せいあ》』*という歌論書があるが、これもこのことわざをふまえ、「見識が狭い本です」と、謙遜《けんそん》して付けたタイトルである。

天皇に見ていただいた歌の巻の最後であるから、歌に詠まれた「蛙」は為景自身のことで、蛙のように見識の狭い私が詠んだ、つまらない歌である、と謙遜《けんそん》したと考えたい。蛙が鳴いているのであるから「なくなり」の「なり」は伝聞推定の助動詞ととりたいところだが、謙遜したとすると「なり」は断定の助動詞のほうがよかろう。水底で蛙は鳴かないから、理屈で考えればおかしな歌だが、謙遜しているととらえれば、水底のような誰にも気がつかない所で歌を詠む者のたとえに過ぎないので問題はあるまい。

*井の中の蛙―井戸の中の蛙は、大きな海があることを知らない↓見識が狭いことのたとえ。

*井蛙抄―南北朝初期に二条派の歌人として活躍した頓阿の歌論書。

10

分《わ》きかねつ心にもあらで十《と》とせ余りありし都は夢かうつつか

大内政弘《まさひろ》

【出典】『拾《しゆう》塵《じん》和歌集』

不本意にも十年あまり過ごした都のことは、それが夢であったのか、現実のものであったのか、どちらか分別できないことだ。

【閲歴】大内教弘の子。一四六七年、教弘の死後家督を継ぎ、周防・長門他の守護となる。一四六七年、応仁の乱が起こると、西軍の武将として東上し、京都とその周辺で東軍と戦う。一四八七年、一四九二年の幕府の近江遠征に軍勢を派遣した。家集に『拾塵和歌集』がある（一四四六―一四九五）。

次にとりあげる細川勝元《かつもと》の東軍と山名宗全《そうぜん》*の西軍が争った応仁《おうにん》の乱は、決着がつかないまま十年後の文明《ぶんめい》九年（一四七七）に両軍が京都から撤退してようやく終結する。右の歌は、京都でその戦いに参加していた政弘が、当時のことを回想して詠んだ歌である。詞書に、「文明の頃の乱で、両陣に別れて戦ったころ、不本意な状態で都にいたことを思い出していたときに過ぎ去った

＊山名宗全―山名持豊《もちとよ》。最大時に九ヶ国を支配（一四〇四―一四七三）。

ことを思うという題で詠んだ歌」とある。

「分きかねつ」でひとまず切れる、初句切れの歌である。五句めから考えて、夢か現実かの区別がつかないということ。初句切れの「初句」には、叫びに近いものがこめられることが多い。たとえば『百人一首』の清原元輔《もとすけ》の歌「ちぎりきなかたみ袖をしぼりつつ末《すえ》の松山波こさじとは」は「約束したじゃない！　嘘つき！」と自分を振った元恋人に叫んでいる。政弘の歌も、「もう、何が何だか、わけがわかんない」と強くいっている。ただし、叫ぶような思いを歌というものにリフォームすることによって、落ち着き、冷静になることがある。歌には、心の負の部分を精算・浄化することができる効用もあったりするのである。

「心にもあらぬ」は不本意、たとえば*『拾遺集《しゅういしゅう》』の哀傷《あいしょう》の部に「*心にもあらぬ憂き世」とあるように、不本意であることと憂き世は結びつく。「ありし」の「し」は直接体験した過去を示す助動詞「き」の連体形。政弘にとって十年間の乱中は、現実とは思えないほどの憂《う》き世《よ》であった。さらに、そうした憂き思いにとどまらず、無意味な時を過ごした者の喪失感や虚無感までが伝わる歌である。

＊拾遺集―花山院撰。三番目の勅撰集。

＊心にもあらぬ…―「心にもあらぬ憂き世にすみ染の衣の袖のぬれぬ日ぞなき」拾遺集・哀傷・読人知らず。

11

大海《おほうみ》の限りも知らぬ浪《なみ》の上にあはれはかなく舟の行く見ゆ

細川勝元《かつもと》

【出典】『武林拾葉《ぶりんしゆうよう》』

――どこまで続くか限りもなく大きな海の浪の上の舟が行くのは、なんとはかなく見えることだ。――

【閲歴】細川持之の子。幕府管領。軍事よりも謀略、駆け引きに長じていた。応仁の乱では、勝元は東軍総帥として日野富子・義尚母子を支援する山名宗全と戦う。一四七三年三月に宗全が病没、勝元も五月に病没し、乱は終息に向かう。多趣味で、和歌、絵画、鷹狩、犬追物などをたしなんだ（一四三〇―七三）。

「大海」、「限りも知らぬ」という大きなものに対して、「舟」という小さなものを対比し、それを「あはれはかなく」と見ている。海上の舟というのは、不安定なものであり、歌では頼りなげにみえるものとして詠まれることがある。たとえば『新千載集《しんせんざい》』（羇旅《きりよ》・七六四）に「海原《うなばら》で風に吹かれて定まることなく揺れ動いている漁師の小舟よ、海の上でどこにいくというの

＊新千載集―二条為定撰。十八番目の勅撰集。

＊羇旅―部立ての一つで、旅を詠んだもの。

か、危うい感じのすることだ」といった歌がある。

応仁《おうにん》の乱のときに東軍の中心にいた大内政弘《まさひろ》の虚無感を述べた歌を先にとりあげた。この勝元の歌も、海上の舟をながめての感想を述べたように見えるが、実はその舟に自分を投影しているのではないか。「大海の限りも知らぬ浪」とは、時代の流れであり、「寄る年波」という表現があるように、とまることなく打ち寄せてくる波を、流れゆく年月にたとえる。そうした時代や時の流れのなかで、その流れに乗って進もうとしても、またその流れに逆らって進もうとしても、自分の思った通りには進まない現実がある。まるで海上のちっぽけな舟のようである。行方の定まることのない、不安定感を「あはれはかなく」と評したのであろう。あわれはかない舟を眺めているのは、これもまたはかない人間なのである。勝元はあつく禅を信じていた。悟《さと》るところがあったから、このように述べたのかもしれない。

なお十三回忌には、先にあげた足利義尚《よしひさ》が「勝元の教えは今も残っているものの、いろいろと忠告してくれた、今はいない勝元のことが恋しく思われる」という内容の*追善《ついぜん》の歌を詠じている。将軍義尚が、勝元は自分を導いてくれた人と思っていたことがよくわかる。

*追善の歌―「たらちねの庭《にわの》訓《をしへ》は残るともいさめし道の跡や恋しき」（常徳院詠）。

12

今川氏真《うじざね》

月日《つきひ》へて見し跡もなき故郷《ふるさと》にその神垣《かみがき》ぞ形《かた》ばかりなる

【出典】『今川氏真詠草』

月日がたって、再び故郷を訪れると、かつて見たものは跡形もなく、わずかに神垣が少し残っているだけだよ。

【閲歴】今川義元の子。一五六〇年父の敗死で家督をつぐ。七年ほどで領国の駿河・遠江、三河を徳川家康、武田信玄にうばわれる。のち家康の援助をうけて生涯をすごした。和歌、蹴鞠をよくし、家集に『今川氏真詠草』がある。辞世とされる「中々に世をも人をも恨むまじ時にあはぬを身のとがにして」は、よく心情があらわれている。子孫は高家として幕府につかえた（一五三八―一六一五）。

氏真は、永禄《えいろく》三年（一五六〇）の織田信長と戦った桶狭間《おけはざま》の戦いで、父の今川義元《よしもと》が殺された後、武田信玄《しんげん》に国を取られた。甲斐の大悪人信玄が欲のため駿河を倒した、といった意味の「かひ（甲斐）もなき大僧正《だいそうじょう》の姦賊《かんぞく》がよくにするが（駿河）の追ひ倒す見よ」という狂歌《きょうか》が詠まれた（北条五代記）。後に徳川家康《いえやす》の客分となる。信玄没後、武田勝頼《かつより》*が後をつぎ、織田信長《のぶなが》と戦

＊武田勝頼―武田信玄の子。

い、天正《てんしよう》三年（一五七五）五月初旬、いわゆる長篠《ながしの》の合戦がおこなわれる。この時、氏真は後詰《ごづめ》をしており、勝頼が負けて、引き上げていった後、かつて父とともに過ごし、自分の領地であった駿河《するが》国に入った。そこは、武田の軍が退却するときに焼亡《しようぼう》の地となっていた。それを見たおりの歌である。

「月日へて見し」は、信玄が治めるようになってから今日までの月日である。楽しい時間は短く、つらい時間は長く感じるものであり、ここは長い月日がたって、ということ。「見し」の「し」は直接体験過去の助動詞「き」の連体形。「神垣」は神社や神域の垣である。それが「かたばかり」（形だけ、少しだけ）残っているというのである。

見た事実を述べた歌で、感情を表すことばがない。それがかえって感情を伝えている。この歌の場合は、久しぶりに見た故郷は、かつての面影が跡形《あとかた》もないほど、変わっていたが、そこに少しとはいえ、神垣が残っていたことを発見して少しほっとしたとも、神垣が少しばかりしか残っていないほど跡形もなく、悲惨な気持ちになったとも解釈できる。また〈神〉に特別な意味を持たせ、本来、力のあり、このようになるはずのない神社が、これほどまでになってしまったことによる無常観を読み取ることもできよう。

長篠の戦いで大敗、後に織田軍に攻められ、甲斐山梨県天目山で一族とともに自害した（一五四六―八二）。辞世は「おぼろなる月もほのかに雲かすみ晴れて行くへの西の山のは」。

13

身の上を思へば悔《くや》し罪とがの一つ二つにあらぬ愚かさ

藤堂高虎《とうどうたかとら》

【出典】『関原軍記大成』

我が身のことを振り返ってみると後悔の念にかられる。罪科が一つや二つにとどまらず、たくさん犯してきたこの身はなんて愚かなのだろう。

【閲歴】藤堂虎高の次男。多くの武将に仕え、最後に家康に仕えた（一五五六—一六三〇）。裏切り者、寝業師、追従大名といった評価をする者もいるが、徳川家につくし、家康にも秀忠にも、そして家光にも信頼が厚かったことは『徳川実紀』に記されるところである。家康は臨終のおりに、「国家の大事のときには、一の先手は高虎、二の先手は井伊直孝」と申し置いたという。

高虎は、はじめ浅井家に仕え、以後、転々と主君を変えて、秀吉の弟である秀長《ひでなが》に仕えることになる。天正十九年（一五九一）一月に秀長が没し、その子の秀保《ひでやす》の後見役《こうけんやく》となった。しかし、その秀保も文禄四年（一五九五）四月に十七歳にして病没してしまう。高虎は、出家しようと、＊高野山《こうやさん》に入る。掲載歌は、その高野山で詠んだとされるものである。

＊高野山―和歌山県にある山。空海が道場と僧坊などを建てて以来、真言宗の本

高野山に入ってわずか一ヶ月あまりで、秀吉に招かれ、宇和島《うわじま》七万石を領した。入山《にゅうざん》は、秀吉に再び仕えるための禊《みそぎ》的な行為であったとか、当時高野山にいた豊臣秀次《ひでつぐ》の監視のためであったとかいわれる。『関ヶ原』『城塞』『戦雲の夢』などを著した作家司馬遼太郎にいわせれば、高虎は希代の世渡り上手であるから、純粋な宗教心のみで入山したのではないかもしれない。しかし、そうした者に、たとえ一瞬《いっしゅん》にしても、心を澄《す》まさせる雰囲気があるのが高野山である。掲載歌には、ふと反省してしまった感じがよくでている。

高虎の死体は、玉傷《たまきず》、槍傷《やりきず》だらけで、右手の薬指、小指はなく、左の中指は短く、爪がなかったという。自らが死ぬような人生を歩み、仕《つか》えた人が死んでいった。『高虎遺書録《いしょろく》二百ヶ条』に「寝室を出たときから、その日は死《しに》番《ばん》と心得るべきである」とある。死がいつも身近にあった人の言である。

高野山を出るときに「帰るさの道を違《たが》はぬ灯《ともし》かなうき世の闇を照らすばかりに」と詠んでいる（関原軍記大成）。この灯とは、高野山で得た「悟り」を意味するが、それは、今日が死ぬ日だという覚悟に通じるものではなかったか。

拠地として栄える。

＊死番―死ぬ順番。

14

何事もかはりはてたる世の中を知らでや雪の白く降るらむ

佐々成政《さっさなりまさ》

【出典】『太閤記《たいこうき》』

何もかもが変わってしまったこの世の中なのに、そうしたことを知らないからであろうか、去年と同じように雪が白く降っていることだ。

【閲歴】織田信長の家臣、黒母衣衆筆頭。越中国を治める。本能寺の変の後、反豊臣秀吉陣営に組する。賤ヶ岳の戦いの後、秀吉に降伏する。秀吉より越中国の一郡を安堵され、秀吉の九州平定後に肥後国を与えられるが、失政のため切腹（一五三六?—八八）。辞世「このごろの厄妄想をいれおきし鉄鉢袋今破るなり」。

織田信長《のぶなが》の家臣で、越中《えっちゅう》国をまかされていた成政は、天正《てんしょう》十二年（一五八四）十一月、徳川家康《いえやす》と織田信雄《のぶかつ》が、敵対した秀吉《ひでよし》と講和したことを翻《ほん》意《い》させるために、冬の深い積雪を踏み越えて、越中国から北アルプスを越えて会いにいった。しかし、そのかいもなく、講和は破られず、成政のなみなみならぬ苦労は徒労《とろう》におわった。「佐々成政のさらさら越え」としてよく知られた話である。その後、成政は秀吉に降伏し、秀吉は成政が領していた越中国四郡のうち、三郡を前田利家《としいえ》に与え、一郡を成政に与えた。成政は世の中はつらいものなのに、雪は降るときを忘れずに降ることだと思い、詠んだとされるのがこの歌である。『太閤記*』には、この歌の後に「ふる事ながら思ひ出られにけり」とある。「雪が降る」から「古い事」、つまり織田信長が存命で、自分も越中国の主であった昔の事を思い出したというのである。人は現状がつらいと、過去のよき日々を思い出すものである。

「知らで」「白く」でリズム感を出している他は、特に目立った技巧《ぎこう》はなく、わかりやすい歌である。「何事もかはりはてたる世の中」は、主君信長を失い、同僚ではあるものの、成り上がり者の秀吉が自分を追い越して、今は信長の立場におり、これから信長のもとで増すはずだった自分の勢力が、秀吉によってそがれた無常観がよくでている。変わることなく降る雪と対比することによって、無常観をより強調し、つらさが強調された歌である。

「人の世は変化する」が「自然は変化しない」という主旨の歌は少なくない。しかし、雪の中、日本海側と太平洋側を往復した苦労が報われなかったことをふまえてみれば、実感のこもった歌として、哀切である。

＊太閤記—秀吉の一代記の総称であるが、特に小瀬甫庵《ほあん》の書いた太閤記が有名。

15

夏の夜の夢路《ゆめぢ》はかなき後《のち》の名を雲井《くもゐ》にあげよ山ほととぎす

柴田勝家《かついえ》

【出典】『太閤記《たいこうき》』

夏の夜の夢のようにはかない人生であったが、死んだ後の私の名を、雲がある空のように高いところまであげておくれ、山ほととぎすよ。

【閲歴】初め織田信長の弟信行に仕えたが、後に信長の家臣となる。猛将の誉れ高く、籠城していた近江長光寺城を攻められたとき、飲み水の瓶を割り、城には戻らぬ覚悟で出撃し、敵を破ったことから「瓶破柴田」の異名をとったという。本能寺の変後、秀吉と対立、賤ヶ岳の戦いで敗れ、北ノ庄城にて妻お市とともに自殺した（一五二二？―一五八三）。

秀吉の大軍に、城を囲まれて、自刃しようとしたさいに詠んだ辞世の歌とされる。勝家の妻お市*が詠んだ「さらぬだにうち寝《ぬ》るほども夏の夜の夢路をさそふ時鳥《ほととぎす》かな」に応じた歌とされる。

武将にとって、肉体は死で終わるものであるが、名は死しても残るものであった。したがってみごとな死に方をして名を残すことを願う武将は多く、

*お市―織田信長の妹。はじめ近江国小谷《おだに》城城主浅井長政《ながまさ》の妻、後に越前北ノ庄城城主柴田勝家の妻となった（一五四七？―一五八三）。

またみごとな死を飾るものとして辞世の歌が詠まれた。勝家もそうした武将の一人である。掲載歌には、その気持ちがよくあらわれている。みごとな切腹をし、その城とともに焼けて跡形もなかった。そのみごとな死に方を世間に伝えるために、談話が巧妙《こうみょう》で身分のある老女を選んで、その死に様《ざま》を目撃させ、城から出させ敵に詳しく語らせている。だからこそ籠城《ろうじょう》して全員が焼け死んだのに、その死に様が後世に伝わったのである。

勝家が掲載歌を詠むにあたって参考または本歌《ほんか》としたのは、三好長慶《ながよし》らに殺された第十三代将軍*足利義輝《よしてる》の辞世「五月雨《さみだれ》は露か涙かほととぎすわが名をあげよ雲の上まで」（続応仁後記《ぞくおうにんこうき》）であろう。「今降っている五月雨は、はかない露というべきか、それとも悲しみの涙というべきか。ほととぎすよ、どうか私の名を雲の上の高いところまであげてくれ」という意味である。

義輝は五月に、勝家は六月に死んでいるため、旧暦ではどちらも季節は夏である。そこで夏の鳥であるホトトギスが詠み込まれるのはおかしくない。しかし、それだけでなく、ともに辞世であるからこそ詠み込まれた。なぜならホトトギスは、懐古《かいこ》・恋慕《れんぼ》の情をおこさせる鳥であり、「死出《しで》の田長《たおさ》」とも称され、冥土《めいど》に通う鳥だからである。

＊足利義輝—父は義晴《よしはる》、母は近衛尚通《ひさみち》の娘。将軍権威の回復に執念を燃やしたが、松永久秀《ひさひで》らに包囲され自刃した（一五三六—一五六五）。辞世は、鵺《ぬえ》退治をした源頼政に、藤原頼長が詠んだ上句《かみのく》「ほととぎす名をも雲井にあぐるかな」（平家物語）をふまえたか。

16

いつかはと思ひ入《い》りにしみ吉野の吉野の花を今日こそは見れ

豊臣秀次《ひでつぐ》

【出典】文禄《ぶんろく》三年二月「吉野山懐紙《よしのやまかいし》」

いつ咲くことかと待ち望み、心に深く思い込んでいた吉野山の桜の花を、こうして今日は見ることができたことだ。

【閲歴】秀吉の養子。秀吉から関白職を譲られるが、一五九三年、秀吉の側室淀殿が秀頼を生み、秀頼に後を継がせるために切腹に追い込まれた。男女ふたりの子供と妻および側室三十数人も京都三条河原で斬られたことはよく知られる（一五六八―九五）。

文禄三年（一五九四）二月、豊臣秀吉《ひでよし》は吉野山で花見の会のおりに歌会を催した。同じ題で武将たちが歌を詠んでいる。ここから、そのいくつかをあげることにする。

右の歌は「花の願い」という題で詠まれたものである。いろいろな植物に花は咲くけれども、歌でただ「花」といった場合は桜の花である。「花」は、

【語釈】○み吉野―「み」は接頭語で美称。「吉野」に同じ。吉野は、雪深い、失意の人が隠れ住む雲のかかる場所。それが花の雪、花の雲となり、花の名所となる。

咲くのを待ち望み、咲いているのを楽しみ、散るのを惜《お》しみ、再び来春咲くのを待つ、というサイクルで歌に詠まれる。ここでは咲くのを願っていることを詠まなければならない。前半が、咲くのを願い、後半が今日それを見ることができたという構成である。これはこの歌会での秀吉の歌*と同じである。以下に並べてみる。上が秀吉、下が秀次である。

年月を心にかけし　↕　いつかはと思ひ入りにし
吉野山花の盛りを　↕　み吉野の吉野の花を
今日見つるかな　↕　今日こそは見れ

どちらも歌題《かだい》に即して詠んでおり、その点は問題ないが、ありきたりな歌で、これといったおもしろみのない歌である。このような歌題のときには、このように詠むという、パターンができているから、そのパターンにしたがえば、独創的にはならないが、無難《ぶなん》に詠むことができる。そしてこのようなどこにでもありそうな歌を「月次《つきなみ》」という。月次の歌は、文学としては高い評価がなされないが、それを詠めるようになるまでが、実はたいへんなのである。秀吉、秀次の歌が代作ではなく、自作ならば、それなりの指導を受けて練習をしたことがうかがえるものである。

＊秀吉の歌―「年月を心にかけし吉野山花の盛りを今日見つるかな」。

17

花咲けと心をつくす吉野山又来《こ》む春を思ひやるにも

前田利家《としいえ》

【出典】文禄三年二月「吉野山懐紙」

吉野山の花よ咲け、と精一杯願う。また来年には春が来て花が咲くことは想像するが、それはそれとして。

【閲歴】加賀地方の大名（一五三九―九九）。織田信長に能登一国をあてがわれていた。本能寺の変の後に対立した柴田勝家と豊臣秀吉とは、ともに親しかった。二人が争った賤ヶ岳の戦いでは、初め勝家に加担したが、途中で秀吉に降伏した。勝家の自殺後、加賀北半分を加増され、越中の佐々成政を下し、嫡子利勝が越中を得る。五大老の一人として秀吉政権を支えたことでも知られる。今で言う加賀百万国前田家の祖。

前掲秀次の歌に引き続き、吉野山懐紙から。

花の咲くことを、秀次は「いつかはと思ひ入り」、秀吉は「花の盛りを」「心にかけし」と〈受け身〉の姿勢でうたった。利家は「花咲け」と命令形による〈積極的〉な姿勢で、猛将らしいといえよう。毎年に咲くことはわかっていても、今年はぜひとも見たい、という強い気持ちが伝わってくる歌である。

この歌が本人のものであれば、歌人としての力量も、武将としてはなかなかなものである。しかし、この歌が書かれた懐紙は代筆《だいひつ》である。秀吉の信頼の厚い利家は、秀吉の催した吉野山と醍醐寺《だいごじ》の花見の際の歌会で歌を残しているが、この醍醐寺のおりの短冊《たんざく》も本人の字とは思えない。ついでにいえば利家は手紙も本人の字ではないものが多い。歌も、吉野山と醍醐寺の歌のほかは、後世の人が作ったと考えられる「*鑓先《やりさき》でとりたる国は何ごとをせねどもしかと治まりぞする」などしか伝わらない。もちろん、自分で詠んだ歌を誰かに書かせたということも考えられるが、右の歌も代作である可能性を充分に考えておくべき歌である。

若いころ*傾奇者《かぶきもの》であり、「鑓《やり》の又左《またざ》」と称された利家には、「武」に精一杯であり、歌を学ぶことに時間を割《さ》くことはなかったのであろう。同じく武闘派の*加藤清正《かとうきよまさ》も、「学問に精を入れ、詩や連歌や和歌などをみだりに作ったり、詠んではいけない」と家訓で述べている

ただ、利家の遺言「高徳公御遺誡《こうとくこうごいかい》」には、武道だけに重きを置いてはいけない、文武二道に通じた侍はあまりいないが、もしいたならば重用せよ、といったことも記されている。

*鑓先で―熊谷敬直『享保録』に利家の歌として紹介される。

*傾奇者―わざと奇抜・異彩の風や行動をなすもの。「歌舞伎」の語源ともなった。前田慶次が有名。

*加藤清正―肥後《ひご》熊本の大名（一五六二―一六一一）。「賤ヶ岳の七本槍」の一人として知られる。朝鮮戦役での虎退治の話は有名。

18

待ちかぬる花も色香《いろか》をあらはして咲くや吉野の春雨《はるさめ》の音

徳川家康《いえやす》

【出典】文禄三年二月「吉野山懐紙」

待ちかねた桜ももう今は色と香をあらわして咲いているだろうか、吉野に降る春雨の音がする中で。

【閲歴】松平広忠の子。八歳で今川氏の人質となって駿府ですごし、十九歳で岡崎城にもどった。今川義元没後、織田信長と同盟。信長没後、秀吉の天下統一を助け、秀吉没後、関ヶ原の戦いに勝利、征夷大将軍となり、江戸に幕府を開設した（一五四三―一六一六）。

先に続き、吉野山の歌会のもので、同じく題は「花の願い」である。春の雨のために、見に行けないが、春雨は花を育《はぐく》むものなので、春雨が降ったことによって、待ちかねる花が咲いたのではないか、と推量した。

春雨は、音をたてて激しく降るものではなく、その音は歌であまり詠まれることはない。*伏見院《ふしみのいん》に「寝られねば咲きこそ明かせつくづくと物思ふ夜の

*伏見院―九十二代天皇（一二六五

春雨の音」（伏見院御集）という歌があり、この家康の歌も春雨の音が聞こえるような、静かな夜の歌として詠んだかもしれない。

また、藤原長家《ながいえ》*の歌に「春雨に散る花みればかきくらしみぞれし空の心地こそすれ」とあり、春雨が花を散らすことも歌に詠まれることがあった。歌題にこだわらず、ただ春の歌として詠まれたものとしてみれば、「待ちかねていた花は咲いているだろうか、それも春雨によって散っているだろう」と、先にあげた、待つ↓咲く↓散る、と花のサイクルを詠んでいるともとらえられなくもない。そうであれば、盛り込みすぎの感はあるが、時間の推移による変化を詠んだ、巨視的な歌となる。

この歌を書いた家康自筆の懐紙《かいし》をみると、当時流行していた書風ではなく、字形にこだわらない、粘りある筆致で、力強い、個性的なものである。歌の詠み方に、詠者の性格が反映することがある。家康は、天下人となるだけあってか、筆致《ひっち》も詠歌もかなり個性的である。

なお、この歌会での武将の詠歌は、代作とされるものが含まれるが、家康が代作を頼むのであれば、もう少し内容がととのった歌を詠むような者に頼むであろう。とすれば、家康自作と考えてよいと思われる。

一三一七）。歌や書にすぐれ京極派歌人として『玉葉集』や『風雅集』に多くの歌をのこした。

＊藤原長家―道長の六男、俊成・定家らの祖。この歌は「千載集」春歌下・八二に載る。

19

海原《うなばら》や水巻く龍《たつ》の雲の波はやくも返す夕立の雨

太田道灌《どうかん》（資長《すけなが》）

【出典】『武州《ぶしゅう》江戸歌合』

海原に水を巻き上げて立ち上る龍にともなうような雲の波がたったかと思えば、はやくもそれを海に押し返すかのように夕立の雨が降ってきたことだ。

【閲歴】太田資清（道真）の子。名は資長。扇谷上杉氏の家宰。戦上手だったとされる。能力があったがゆえにおそれられて主君の上杉定正に謀殺された（一四三二―八六）。殺されるさいに「当方滅亡」といったとされる。

文明《ぶんめい》六年（一四七四）六月十七日に道灌が開いた江戸城で催《もよお》された歌合での歌。歌題は「海の上の夕立」である。

「海原」は広い海のこと。そこにわき上がる夏の雲を、龍が巻き上げる雲に見立てた。その海から立ちのぼった雲を、まるで押し返すかのように夕立が降ってきたさまを詠む。「海」「水」「雲」「波」「夕立」「雨」と、水に関することばをふんだんに使用し、強烈なイメージをもたせる歌である。
龍は、想像上の動物。雲を呼んで空に昇ったり、淵にひそむ水神と考えられた。賢臣が聖主に仕えるように、同類の者が感応《かんのう》しあうことを「雲は龍に従う」という。書院飾《しょいんかざり》で重用された唐物《からもの》の香合《こうごう》には、飛沫《しぶき》をあげる波の上で、雲をともなって宝珠《ほうしゅ》を追う龍の姿が彫られたものがある。こうしたものからアイデアを得たかもしれない。また江戸城から、海を見たさいに、このような光景を実際に見ることがあり、その経験に基づくものとも考えられる。まわりを山に囲まれた京都に住む公家は、こうした歌を詠まない。いかにも武将らしい、壮大な歌といえようか。

文明十八年（一四八六）七月、道灌は主君によって謀殺《ぼうさつ》される。その霊を祭るために、*万里集九《ばんりしゆうく》が祭文《さいもん》をささげた。それに「和歌三昧《ざんまい》、文武かねあわせたり」とある。また、道灌が雨宿りをした家で、蓑《みの》を貸してくれといったら、山吹《やまぶき》の花を差し出された。それが「七重八重《ななへやへ》花は咲けども山吹の実の（「蓑」が掛けてある）一つだになきぞ悲しき」という歌をふまえた「蓑がない」という意味であることを気がつかなかった道灌は、深く恥じ入《はい》り、歌を学ぶようになったという伝説は有名。

＊万里集九―室町中期の臨済宗の僧（一四二八―？）。漢詩人として知られ、『梅花無尽蔵』に多くの詩を載せる。

20

また明日《あす》の光よいかに過ぎて来《こ》しあとは今宵《こよひ》の月の影かな

今川義元《よしもと》

【出典】『今川義元張行《ちょうぎょう》歌合』

また明日の月の光はどうなっているだろうか。こうして明日はどうなるだろうかと過ごしてきた結果、今夜の月の光をながめていることだよ。

【閲歴】父は駿河・遠江守護今川氏親。母は中御門宣胤の娘寿桂尼。公家文化にあこがれたといわれるが、「東海一の弓取り」ともいわれた武将。桶狭間の戦いで、織田信長の奇襲により討死した（一五一九—六〇）。

*冷泉為和《れいぜいためかず》が判をした歌合《うたあわせ》のもので、義元の歌とされる。

この歌の題は「連夜月を見る」である。「連夜」は、「連日連夜」という四字熟語があるように、毎晩ということ。「毎晩月を見る」というテーマで歌を詠んでいる。「月を見る」はありふれた題だが、「連夜」という条件をつけたことにより、少々むずかしい題となっている。ポイントは「連夜」をいか

*冷泉為和—定家・為家の子孫として歌道を伝える冷泉家の第七代（一四八六—一五四九）。多く駿河の今川領に住んだので、今川為和とも称された。

に詠むかということになる。

この義元の歌は、以下の構造からなっている。

過去　過ぎてこしあとは　（過去、月を見てきた）
現在　今宵の月の影かな　（今、月を見ている）
未来　あすの光よ、いかに　（明日の月を想像する）

つまり、「連夜」を、過去の〈夜〉も現在の〈夜〉も未来の〈夜〉も、という形で表現したわけである。題のポイントがどこにあるかをおさえ、それをふまえて歌を詠んでおり、なかなかたくみである。

ただし、〈時制を比較する〉、といった言葉がないから、内容がわかりにくい。これまで月を見ながら、それより前に見た月とそのすばらしさなどを比較し、明日はどうだろうかと想像して過ごしてきた、そして今宵をむかえ、今宵も同じように過去の月と比較し、明日はどうだろうかと想像している、という内容を、三十一文字に詰め込むのは、やはりむずかしい。これを「言葉足らず」ととらえれば欠点とされかねないが、後の、言葉を削り落として十七字とする俳句の凝縮された表現につながるものととらえれば、表現史の上で注目してよい歌であろう。

21

露ながら草葉《くさば》の上は風に消えて涙にすがる袖の月かな

木下長嘯子《ちょうしょうし》

【出典】『挙白集《きょはくしゅう》』

草葉の上に露とともにあった月は、その露が風に吹き飛ばされるとともに消えてしまい、今は袖の涙にすがっている。

【閲歴】はじめ播磨国兵庫県竜野城主、のち若狭国小浜城主。関ヶ原の戦いで豊臣秀頼の命により伏見城の留守を預かったが、石田三成の挙兵をみて任務を放棄、失脚し遁世す。細川幽斎、松永貞徳、藤原惺窩、林羅山、小堀遠州などといった、当時の一流文化人と交流があり、後世は歌人として知られた（一五六九―一六四九）。

長嘯子は、秀吉の妻ねねの兄である木下家定《いえさだ》の長男であり、木下勝俊《かつとし》といった。関ヶ原の戦いのときに伏見城《ふしみじょう》を守っていたが、城を捨てて逃げた一人である。後に「恩義を知らぬ人」（関ヶ原軍記大成）といわれ、*大田南畝《おおたなんぽ》に「武士の家に生まれながら武道の心がけがなかった臆病者」といわれている（半日閑話）。本書中、もっとも情けない武将といってよい。

*大田南畝―江戸時代後期の戯作者、狂歌師（一七四九―一八二三）。蜀山人の号を持ち、天明期最大の狂歌師となっ

しかし、歌道の心がけはあり、後世に名を残す歌人となった。家集を『挙白集』といい、「*二条家《にじょうけ》の歌道を損《そこ》なひて、歌めかぬ歌多し」（関ヶ原軍記大成）と非難されたが、別な見方をすれば、それは新風ということ。それまでの歌人にはない、すぐれた歌をいくつも詠んでいる。

さて、右の歌は、露、草葉、風、涙、袖、月という、歌によく使用される言葉をたっぷりと使用している。それらを使用しながら、一つの物語性のある歌にしあげたところが、長嘯子のすぐれたところである。

歌の世界で露は秋の景物として扱うことが多く、はかなく消えやすいものとして詠まれる。掲載歌では、草に置く露が風に吹き飛ばされて消えるとする。『*古今集』のよみ人しらずの歌に「*あはれてふ言の葉ごとに置く露は昔をこふる涙なりけり」とあるように、露は涙を連想させる。袖が涙で濡れて、それに月がうつることを「袖に月がやどる」という。長嘯子は、露にやどっていた月が、露が消えるので、袖の涙にすがって、そこにやどるというのである。月を擬人化《ぎじんか》して「すがる」ということばで、縁のある多くの歌語を、みごとに数珠《じゅず》つなぎにして破綻《はたん》を来さず、濃厚な歌にしあげており、その力量はさすがとしかいいようがない。

た。

＊二条家の歌道を損なひて――定家の跡を継いで中世を風靡した伝統的な二条家流の歌風に傷をつけた新風を詠んだということ。

＊古今集――紀貫之ら撰。最初の勅撰集として尊重され、後世に大きな影響を与えた。

＊あはれてふ――古今集・雑下・九四〇。

22

竜《たつ》田《た》川《がは》浮かぶ紅葉《もみぢ》のゆくへには流れとどまることもあらじな

毛利元就《もとなり》

【出典】『贈従三位元就公御詠草《ぞうじゅうさんみもとなりこうごえいそう》』

竜田川に浮かぶ紅葉が流れていく行方には、まさか流れがとまり、紅葉がとどまることなどといったことはないだろうな。

【閲歴】毛利弘元の次男。陶晴賢、尼子氏などを破り、領土を拡大、その領国は中国地方全域におよんだ。三人の息子に力をあわせることの重要性をといた「三本の矢」の話でよく知られる（一四九七—一五七一）。

【語釈】○竜田川—奈良県生駒を流れる川。流水に紅葉を散らした模様を「竜田川」と称するように、紅葉の名所として知られる。竜田山も紅葉の名所。

この歌には「人々と風雅のことなどを語り合ったときに、自分が江家《ごうけ》の末流であるということも憚られることが多く」という詞書《ことばがき》が付いている。毛利氏は鎌倉幕府の政所別当《まんどころべっとう》の大江広元《おおえひろもと》の子季元《すえもと》を祖とした。詞書の「江氏」はその大江氏のことである。そうした家柄であるのに、自分は文才がないから、江家の末流ということをはばかられることが多い、と謙遜《けんそん》している。

掲載歌には表の意味と裏の意味がある。表の意味は訳で示した通りであるが、その裏で自分のことをのべている。「竜田川の流れ」は「大江氏の子孫が続いていく様《さま》」、「紅葉」は「風雅の才」をあらわし、自分は大江氏の子孫であるが、自分の代に風雅の才が終わってしまうということはないだろうな、といった内容である。真顔《まがお》で、普通にいっているのでは場が緊張することもあるが、こうして歌にしていえば場はなごむことが多い。

元就は、「ひとえに、ひとえに武略、計略、調略《ちようりやく》の他は、何もかもいらない」（毛利家文書・四一三）という教えを残した人である。その一方で、歌会に一座するなどしており、歌も少なからず詠じた。家集『贈従三位元就公御詠草』には「源氏物語一部書写終わり」といった詞書のある歌も載る。「武略・計略・調略」以外不必要としながら「歌」を詠み、古典を書写するのでは矛盾しているようにみえるかもしれないが、そうではない。よりよい調略を考え出すには教養が必要で、当時の教養である「歌」を身につけることは大切であった。大事なのはあくまでも「武」であるが、最前線で斬り合いをする武将ではなく、そうした兵を動かす立場の武将には「文」も必要であったのである。

23

散り残る紅葉《もみぢ》は殊《こと》にいとほしき秋の名残《なごり》はこればかりぞと

石田三成《みつなり》

【出典】「短冊」

散り残った紅葉は、ことさらいとしいものであるよ。秋の名残というべきものは、他になにもなく、こればかりであると思うと。

【閲歴】石田正継の子で正澄の弟。幼時から秀吉に仕え、近江佐和山城主となる。五奉行の一人。有能な文官、能吏であった。秀吉没後、関ヶ原の戦いを引き起こしたが、家康に破れ、六条河原で処刑された（一五六〇―一六〇〇）。

この歌は彦根市竜潭寺《りゅうたんじ》所蔵の短冊に記される。題は「残る紅葉」。「春秋に富む」というように、「春秋」だけでも一ヶ年を意味することがある。「夏冬」で一ヶ年を意味することはない。春と秋は特別なのである。「桜狩《さくらが》り」「紅葉狩《もみじが》り」ということばからわかるように、春を代表する植物が桜であり、秋のそれは紅葉である。秋は特別な季節なので去ると名残惜《なごりお》しいのである。また「こればかりぞ」と限定しているが、秋のもので他に何かが残っていたとしても、どうでもいいものであれば関心を示さない。紅葉だからこそ注目し、跡を引くからこそ散り残った紅葉を「ことにいとほしく」思うのである。「いとほし」は、もともと自分の心を痛める意で、「つらい」という意味であったが、それが転じて、他者に同情し、「気の毒だ」という意味でも使われ、さらには「いじらくてかわいい」という意味でも使われるようになる。たくさんある秋の景物等の中でこの紅葉が残り、そしてたくさん色づいた他の紅葉は散って、ほんの少しの紅葉だけが残っている。その寂《せき》寥感《りょうかん》からすれば観ていて「つらく」、その境遇を思えば「気の毒」だが、それが何とも「かわいい」「いとしい」のである。

　たんなる憶測《おくそく》に過ぎないが、豊臣家に無垢《むく》なまでの忠節をつくした三成を思うと、「秋」に秀吉を、「散り残った紅葉」に＊秀頼《ひでより》を重ね合わせたいという思いにかられる。三成は歌人として注目されることはないが、父正継《まさつぐ》は文武を兼ねた才があり、おりにふれ『万葉集』を読んでいたとされるなど、石田家の文事は決して侮《あなど》れないように思われる。

＊秀頼―秀吉の晩年の子。母は秀吉の側室淀殿茶々《よどどのちゃちゃ》。大坂夏の陣で徳川家康《いえやす》に敗れ二十四歳で自刃した（一五九三―一六一五）。

24

ねやの処《と》はあとも枕も風ふれて霰《あられ》横切り夜や更けぬらん

前田慶次《けいじ》（利貞《としさだ》、利太《とします》）

【出典】『亀岡文殊堂《かめおかもんじゅどう》奉納詩歌百首』

寝室では、枕もとも足もとも風がふれて、さらに寒いことに屋根を霰が降って過ぎていく、そうこうして寝られないでいるうちに、もう夜はだいぶ更けたにちがいない。

【閲歴】生没年は不明だが、一六〇五年没、一六一二年没の二説がある。滝川益氏の子として生まれ、加賀前田家へ養子に入ったとされる。後に出奔し、いくつもカブキ者伝説を残す。後年は上杉家に仕えた。『武辺聞書』によれば、学文・歌道・乱舞に長じた文武のつわもの。一六〇一年、伏見より米沢に移る際の「道中日記」を著す。通称は前田慶次郎。

慶長《けいちょう》七年（一六〇二）、*直江兼続《なおえかねつぐ》の主催で、現在の山形県高畠《たかはた》にある亀岡文殊堂に奉納した詩歌の一首。歌題は「閨上霰《ねやのうへのあられ》」とある。「閨」は寝屋《ねや》、つまり寝るための部屋、寝室のことである。その上に霰が降ることを詠まなければならない。

「ねやのと」は、「ねやど」つまり「寝る場所」という意として用いられて

*直江兼続―50を参照。

いよう。また、「あと」は「足さき」のこと。「父母は枕の方《かた》に妻子どもは足《あと》の方に」と山上憶良《やまのうえのおくら》が「*貧窮問答歌《ひんきゅうもんどうか》」で詠んでいるように、「枕」とあわせて詠まれる。その「貧窮問答歌」の「貧窮」のイメージと重なるが、足もとにも枕もとにも風がふれるとは、すきま風が吹くような寝室にいるということであり、寒い状態を意味する。寒いために寝られず、霰が、屋根を横切って、音を立てて降っていくことを聞くことになる。暗闇なので聴覚的に敏感になっており、その音がことさら大きく聞こえて、寒々《さむざむ》しい思いをする。さらに温度が下がって寒くなり寝られずにいる。今が何時ころかはわからないが、床についてから時間がたったことはわかるため、今頃はもう夜が更《ふ》けたことであろうと推量しているのである。冬の夜の寒々しさがよく伝わる歌である。晩年、米沢で過ごしたという「無《む》苦《く》庵」のことを詠んだ歌と紹介されることもある。

以上、単なる冬の歌としてとらえたが、「閨」には婦人の居室という意味もあり、そうなると、恋人が訪れてくれない、女性の独《ひと》り寝《ね》のわびしさを詠んだ恋の歌としても解釈できる。参考になるのが、『古今集』の「*枕よりあとより恋のせめくればせむ方なみぞ床中にをる」という歌である。

*貧窮問答歌―万葉集・巻五・八九二に載る憶良の長歌。貧者と窮者のそれぞれの生活苦をうたう。

*枕よりあとより恋の―古今集・雑体・一〇二三。

25

もののふの鎧《よろひ》の袖を片《かた》しきて枕に近き初雁《はつかり》の声

上杉謙信《けんしん》

【出典】『北越耆談《ほくえつきだん》』

武士の着る鎧の袖を片方だけ敷いて寝ていると、枕もとに初雁の声が間近に聞こえることだ。

【閲歴】越後守護代長尾為景の子。武田信玄との川中島で競った話は有名（一五三〇―七八）。神の摂理や伝統を重視し、毘沙門天を厚く信仰する。生涯独身を通し実子がなく、養子に長尾政景の子の景勝と北条氏政の弟景虎がいた。辞世に「四十九年夢中酔／一生栄耀一盃酒」（越後軍記）がある。

謙信は、生涯の仇敵《きゆうてき》*武田信玄《しんげん》が「頼りになる武将だ」とのべたといわれるほど、義理に厚かった越後の武将。『北越耆談』には「剛将なれども風雅なる人」とある。その謙信が、天正《てんしょう》五年（一五七七）、越前《えちぜん》国方面に遠征する途次、越中《えっちゅう》国の魚《うお》津城《づじょう》で詠んだ歌とされる。

「もののふ」は武士のこと。「袖を片しく」とは、二つある袖の片方だけを

*武田信玄―40を参照。

敷く、という意味である。かつて、男女が共寝をするときに、互いに袖を敷き交わして寝た。一人で寝るときには、自分の衣の片袖だけを敷いて寝ることになる。そこから、寂しく独り寝することに用いられるようになり、多く*の歌に詠まれた。鎧は武具の一つであるから武士のもので、公家の身近な道具とはいいがたい。「もののふの」といわなくても、鎧といえば武士のものである。それをあえていうことによって、公家的な「恋における片敷き」ではなくて、陣中で独り寝をしているということを強調している。秋の夜、まわりが寝静まったころになると、小さな音もはっきり聞こえる。それを「枕に近き」と表現する。「初雁」は、秋になって初めて北方から渡ってきた雁のことで、その声ともどもよく歌に詠まれた。戦中の高揚感のためであろうか、秋の夜長に横になってもなかなか眠りにつくことができない様《さま》を、伝統的和歌表現でうまくのべている歌である。

このあと謙信は、九月（旧暦）、越前細呂木《ほそろぎ》で野営したおり、鎧の草摺《くさずり》、楯《たて》の縁も、飛雪の粉で白くなっていたの眺めながら、「野伏《のぶし》する鎧の袖も楯の端もみな白妙《しろたえ》の今朝の初雪」と詠んだとされる（北越耆談）。ここでも武具を詠みながら、歌としてうまくまとめている。

*多くの歌に詠まれた―「さむしろに衣片敷き今宵もや我を待つらむ宇治の橋姫」（古今集・恋四・六八九・読人知らず）など。

26

朝倉孝景《たかかげ》

山川《やまがは》や浪越す石のしのぶ草いく夜苦しき露をかけけむ

【出典】「短冊」

山を流れる川のように激しく恋をしている私、しかし他の人に心をうつして、まるで石のようにつめたく私に心を動かしてくれないあなた、夜になれば来てくれるかとあなたをしのび、でも来てくれないために、しのぶ草が露に濡れるように、私もいく夜つらい思いをして、涙を流して濡れたことだろう。

【閲歴】越前国の大名。応仁の乱では、はじめ山名宗全率いる西軍に属し、数々の軍功をあげた。その後、越前守護職任命を条件に細川勝元方の東軍になった。その後ライバルの甲斐氏を破り越前を制圧した。家訓に「朝倉孝景条々」がある（一四二八―八一）。

初句の「山川」は「やまかわ」と詠めば「山と川」のことで、「やまがわ」と読めば「山を流れる川」を意味する。ここは「やまがわ」である。山の川は、斜面を流れるので、流れがはやく、勢いがある。恋の歌では、恋愛の情などをよく「川」にたとえる。ここでも恋の思いを川にたとえていて、激しい恋の気持ちを意味する。『古今集』の「君*をおきてあだし心をわが持たば末の松山浪も越えなむ」という歌から「浪越す」は人の心が変わってしまう意味で使用されるようになった。心変わりした相手を「石」にたとえている。「しのぶ草」には「偲ぶ」「忍ぶ」を掛ける。「草」と「露」は縁語《えんご》であり、「露」は「涙」のことも意味する。「いく夜苦しき」は、夜は男が通ってくる時間帯で、いく夜も待ち続けていたにもかかわらず、来てくれなかったために、つらい思いをしたということである。心変わりをした男を思い続けて、泣き苦しんでいる女の様《さま》を詠んだ歌である。歌会で、題が与えられるなどして詠んだ恋の歌であろう。

この歌ではないが、孝景から歌三十首の添削《てんさく》の依頼を受けた歌道の権威*三《さん》条《じょう》西実隆《にしさねたか》は、「習い始めた和歌が将来どのようなものになるだろうかと、想像できないほどすばらしい歌であるよ」と賞賛する歌を詠んでいる（再昌《さいしょう》草《そう》）。もちろん歌を指導して、その謝礼が手に入るとなれば、けなすことは無かろうから、素直にすばらしいものか信じてよいかは疑問である。しかし、掲載歌から推測するに、孝景は、古典和歌を学習し、それなりの伝統的和歌を詠むことができる実力の持ち主ではなかったかと思われる。

＊君をおきてあだし心を…―古今集・東歌・一〇九三。あなたという人を措いて私が浮気心を持ったなら、あの末の松山の上を波が越えるでしょうよと、男に対する愛の誓いをうたったもの。

＊三条西実隆―07の脚注を参照。

27

逢ひ見てはなほ物思ふ身を知らで今朝《けさ》なほざりの一筆《ひとふで》は憂《う》し

安宅冬康《あたぎふゆやす》

【出典】『安宅冬康百首』

あなたにお逢いして深い関係となってからは、なおさらあなたのことを深く恋い慕う私のことをおわかりいただけずに、今朝あなたからいただいた、心のこもらぬお手紙はつらいことです。

【閲歴】三好長慶の次弟。淡路水軍の名家安宅氏を継ぎ、淡路一国を支配した。松永久秀の謀略で兄長慶に殺された（一五二八―六四）。文事に優れ、三好一族の中で随一の歌人とされる。「いにしへを記せる文のあとも憂しさらずは下る世とも知らじを」は、冬康の歌の中ではよく知られる。

題は「*後朝恋《きぬぎぬのこい》」。女と夜をともに過ごした男は、翌朝、女に歌を贈るものであった。もうこれで終わりと思った場合には、わざわざ手間暇をかけて歌を贈ることはないし、もしそう思ったとしても贈るからには、その歌の内容は、恋人や恋人と過ごした夜がすばらしかったことなど、相手がよろこぶように詠むのが男のたしなみというものである。女からは詠みかけず、相手か

＊後朝―恋する男女が夜一緒に過ごした翌朝、それぞれ別れること、また、その朝のことをいう。夜着に用いた衣服を着て別れること、また、その朝のことをいう。

らの歌を受け取ってから、その返事の歌（返歌）をするものであった。

この冬康の歌の前半は、『百人一首』にもとられた、藤原敦忠《あつただ》の後朝の歌「逢ひ見ての後の心にくらぶれば昔はものを思はざりけり」*をふまえ、逢った後に、なおさら深まる恋しい気持ちが詠まれている。後半は、歌は贈ってくれたものの、あっさりしているというか、いいかげんというか、自分への思いが感じられない歌であることを「なほざりの一筆」と表現し、相手を責めているのである。巧みな表現といえよう。またその裏で、そう思うのはあなたを恋しく思うからで、どうでもよければ気にはしない、という思いを伝えたのである。

掲載歌を、男の立場で詠んだもの、つまり、男が最初に女に贈った歌に対する女の返歌がいいかげんであったと、とれなくもない。しかし、それでは少々くどいので女が男からの歌がいいかげんであると返したとみたほうがよいと思われる。何度か歌のやりとりをして二人だけで逢ってもよいと思い、じっさいはじめて逢ったらさらに恋しく思ったが、男からの歌は誠意がこもっておらず、弄ばされた印象をもった女の歌として詠まれたものであろう。こういう恋の歌も武将は作ったのである。

＊逢ひ見ての後の心に……拾遺集・恋二・七一〇。

28 さぞな春つれなき老いと思ふらむ今年《ことし》も花の後《あと》に残れば

新納《にいろ》忠元《ただもと》

【出典】『新納忠元勲功記《くんこうき》』

春よ、さぞかしつれない老人と思っているであろうなあ、愛する妻が死んでも死なずに一年がたち、今年も花が散った後まで私が生き残っているので。

【閲歴】島津氏一族新納氏の支流の出身。島津氏に仕える。現在の鹿児島県大口市にあった大口城の城主。武勇をもって知られ、「武蔵守」になっていたので、人は「鬼武蔵」といった（一五二六―一六一〇）。

妻が病死*して一年後の三月に詠んだ歌。忠元は、この歌を詠んだときにすでに七十歳を越えていた。妻の一周忌をむかえ、しかも古来人の心をとらえ続けてきた桜の花が散ったにもかかわらず生きながらえているのはいかがなものか、と思った。それをそのまま素直に詠まず、春を擬人化し、《去っていく春》と《生き残っている自分》を対比させたところがうまい。

＊病死―忠元の妻は、慶長十四年（一六〇九）二月十四日に没している。

郵便はがき

料金受取人払郵便

神田支店
承認

3458

差出有効期間
平成25年2月
28日まで

101-8791

504

東京都千代田区猿楽町 2-2-3

笠間書院 営業部 行

■ 注 文 書 ■

◎お近くに書店がない場合はこのハガキをご利用下さい。送料380円にてお送りいたします。

書名 冊数

書名 冊数

書名 冊数

お名前

ご住所 〒

お電話

コレクション日本歌人選●ご連絡ハガキ

●これからのより良い本作りのためにご感想・ご希望などお聞かせ下さい。
●また「コレクション日本歌人選」の資料請求にお使い下さい。

この本の書名＿＿＿＿＿＿＿＿＿＿＿＿＿＿＿＿＿＿＿＿

本はがきのご感想は、お名前をのぞき新聞広告や帯などでご紹介させていただくことがあります。ご了承ください。

■本書を何でお知りになりましたか（複数回答可）

1. 書店で見て　2. 広告を見て（媒体名　　　　　　　　　　）
3. 雑誌で見て（媒体名　　　　　　　　　　）
4. インターネットで見て（サイト名　　　　　　　　　　）
5. 小社目録等で見て　6. 知人から聞いて　7. その他（　　　　　　　　　　）

■コレクション日本歌人選のパンフレットを希望する

はい　・　いいえ

■コレクション日本歌人選・刊行情報（刊行中毎月・無料）を希望する

ご登録いただくと、毎月刊行される歌人の本がわかり、便利です。

はい　・　いいえ

■小社PR誌『リポート笠間』（年1回刊・無料）をお送りしますか

はい　・　いいえ

◎上記にはいとお答えいただいた方のみご記入下さい。

お名前

ご住所　〒

お電話

ご提供いただいた情報は、個人情報を含まない統計的な資料を作成するためにのみ利用させていただきます。個人情報はその目的以外では利用いたしません。

天正《てんしょう》十五年（一五八七）、秀吉が九州征伐をおこない、島津家の当主島津義久《よしひさ》が降伏したが、忠元は、なかなか降伏しなかった。義久の説得でやっと降伏した後、秀吉に引見し、そこで大杯を飲み干したときに、酒に髭《ひげ》がふれて微妙に音をたてた。同席した*細川幽斎《ゆうさい》に「口のあたりに鈴虫ぞ鳴く」と詠みかけられ、忠元は「上髭をちんちろりんとひねりあげ」と付けている。幽斎の句は、口のあたりで鈴虫が鳴いているという表の意味だけでなく、「口」は「大口城《おおくちじょう》」を、「鈴虫」は忠元を、「鳴く」は「泣く」を暗に示していよう。幽斎は、忠元という人の文の力を試したのである。忠元は、触覚を上髭として、それをひねってチンチロリンと鳴く鈴虫のことをかろやかに詠むとともに、自虐的に上髭の生えた自分を簡単にひねるように勝利した秀吉のことを暗にいっている。「文」で二人は一戦交えたのである。引き分けというところか。その舌戦《ぜっせん》を秀吉は引き取って、「まだ、自分に抵抗し得ると思うか」とたずね、忠元は「主君の命令があればただちに」と答えたという。「文」ではおどけていたが、ここでは「武」を強く打ち出し、気骨を示している。

　こうした秀吉にも幽斎にも屈しない「文武」の武将の心のやさしさがうかがわれ、この歌もなかなか魅力的である。

*細川幽斎―39を参照。

29

二世《にせい》とは契らぬものを親と子の別れの袖の哀れとぞ知れ

島津義久《よしひさ》

【出典】『関原軍記大成』

夫婦は二世の契りをするが、親子は二世の契りをしない。しかし、夫婦と同様に親子にも愛情がある。親子が離れ離れとなるおりの袖は、涙に濡れて、かわいそうなものだとわかってほしい。

【閲歴】島津貴久の長子。号は龍伯。相良、龍造寺、大友ら一族を圧倒し、九州全域をほぼ統一したが、秀吉に敗れ、家を義弘に譲り、入道して秀吉に仕えた。『関原軍記大成』に「歌・連歌を好ける人なりし」とある（一五三三—一六一一）。

これは、義久が、秀吉の九州平定後、上京し、人質となっていた三女の亀寿と久々にあったおりに詠んだ歌である。

「二世」とは現世と来世のことで、「二世の契り」といった場合は、来世までもあなたを愛する心は変わらず結ばれていよう、という夫婦の約束のことである。この場合、父と娘という関係であり、夫婦ではないので「二世の契り」はない。しかし、それに相当する愛が二人にはあるということを言外に含ませている。

「別れの袖」は、別れるときに名残《なごり》を惜しんで涙をぬぐう袖のことである。たとえば大中臣能宣《おおなかとみよしのぶ》の歌「いとどしく思ひ消ぬべし七夕の別れの袖に置ける白露」*は、天の川の岸に立ち、彦星《ひこぼし》との別れを嘆く織姫《おりひめ》の袖を詠んでいる。袖の濡れぐあいがひどく、尋常でない様子から、親子の別れるつらさを知ってほしいというのである。また悲しみのために流す涙を「血涙《けつるい》」「紅涙《こうるい》」という。もちろん血を流すなど現実にはありえないことだが、親子の袖が、血の涙で紅色に染まっていることをイメージさせ、その変色した様《さま》を「哀れ」ととらえることもできよう。

さて、後日談になるが、義久がこの歌を細川幽斎に示したところ、幽斎がこれを秀吉に伝えた。そして義久は、帰国に際して娘を連れて帰ることを許されている。九州制覇、秀吉への降伏、関ヶ原の敗戦処理など、たぐいまれな政治力を発揮した名将義久は、歌の使い方もうまく、それを受けて巧みに恩《おん》をうった幽斎、秀吉も一筋縄ではいかない政治家である。

＊いとどしく……―新古今集・秋上・三二六。

30

夏衣《なつごろも》きつつなれにし身なれども別るる秋の程ぞもの憂き

伊達政宗《まさむね》

【出典】『貞山公集《じょうざんこうしゅう》』

——夏の衣を着慣れた我が身だけれども、その夏の衣と別れる秋というときは憂鬱なものだよ。

【閲歴】独眼流としてしられた武将。十八歳で家督をつぎ、畠山・葦名氏をほろぼして、奥州南部に一大勢力をきずいた。小田原攻めに参陣して豊臣秀吉に服属。関ヶ原の戦いでは徳川方につき、仙台藩主伊達家初代となる（一五六七—一六三六）。

文禄《ぶんろく》二年（一五九三）、秀吉が朝鮮を攻めたとき、朝鮮に渡った武将の一人に政宗がいる。家来の原田宗時《むねとき》が、病気となり、帰国の途中、七月に対馬《つしま》国で二十七歳の若さで没した。その訃報《ふほう》を聞いた政宗が、追善《ついぜん》の歌六首を詠んだ。その最初のものが右の歌である。

歌の前半は、「唐衣《*からごろも》きつつなれにしつましあればはるばるきぬる旅をしぞ

*唐衣きつつなれにし…—古

思ふ」という業平の有名な歌をふまえたもの。着慣れた夏衣は宗時を暗に示し、いつも肌身につけていた夏衣のように親しかったことを意味している。秋になったため夏衣を着なくなるが、それと同様に、宗時と死に別れてしまって逢えなくなるつらさを詠んでいる。

さて残りの五首は以下の通りである。

・むしの音《おと》涙もよほす夕まぐれ寂しき床《とこ》の起き臥しも憂し
・あはれげに思ひにつれず世のならひなれにしともの別れもぞする
・みるからになほ哀れそふ筆の跡今より後の形見ならまし
・たれとても終《つひ》には行かん道なれど先立つ人の身の哀れなる
・ふきはらふ嵐にもろき萩が花誰《たれ》しも今や惜しまざらめや

冒頭の歌のはじめのことば「な」と、右五首のはじめのことばをつなげてみていただきたい。「なむあみたふ」（南無阿弥陀仏）となり、念仏しているのである。こうしたものを「*名号《みょうごう》の歌」という。

宗時は、今の山形県川西町の人で、今でも城主だった城跡が残っている。政宗とは、年齢も近く、恋人のように親しかった。なお宗時の孫の原田甲斐《かひ》宗輔《むねすけ》は、山本周五郎《やまもとしゅうごろう》『樅《もみ》の木は残った』の主人公で知られる。

今集・羇旅・四一〇。「伊勢物語」にも載り、東下りの段の「かきつばた」を折《お》句《く》にした名歌。政宗はこの折句の技法を後述のように名号の歌に変えたのである。

*名号の歌―最後に「つ」の字を加えて「ぶつ」とし、七首詠むこともある。

31

ともに見む月の今宵を残しおきて古人《ふるひと》となる秋をしぞ思ふ

今川氏親《うじちか》

【出典】『宗祇終焉記《そうぎしゅうえんき》』

もし生きていれば一緒に見るはずだった名月の今宵をこの世に残して、あの人は故人となってしまった。あの人のことを思いうかべるため、ことさらこの秋はしみじみと思うことだ。

【閲歴】父は駿河守護の今川義忠、母は伊勢（北条）早雲の妹北川殿。そのため早雲の補佐などを得る。分国法「今川仮名目録」を制定（一四七三？—一五二六）。

【語釈】○古人—自分と会うはずであったが、直前に箱根で死んだ連歌師の宗祇を指す。

本書の巻頭であげた三好長慶の歌にも「歌連歌」として詠まれている連歌*は、戦国時代に、武士のあいだで流行した文芸で、歌の上句《かみのく》（五七五）と下句《しものく》（七七）を別人が詠んで、一つの歌とすることを基本とする。

氏親は文事を好み、『伊勢物語』などの古典籍を収集したり、永正《えいしょう》十二年（一五一五）には素純《そじゅん》*と歌集『続五明題集《しょくごめいだいしゅう》』を編んでいる。そうした氏親である

＊連歌—43を参照。
＊素純—東常縁《とうのつねより》の子。宗祇から講義を受けた歌人（？

からか、連歌も好み、永正元年には、叔父の伊勢早雲*の戦いに参加し、三島大社に連歌を奉納している。

連歌を詠み、指導する専門家を連歌師という。もっともすぐれた連歌師の一人に*宗祇《そうぎ》がおり、その高弟《こうてい》に今川家に仕えていた*宗長《そうちょう》がいる。宗祇は、文亀《ぶんき》二年（一五〇二）七月三十日に箱根湯本《はこねゆもと》で没した。予定ではこのあと名月の頃に駿河《するが》に行き、この氏親と連歌をする予定であった。そのことをふまえて、氏親が詠んだ歌が掲載歌である。

「ともに見む月」は宗祇とともに見る予定であった月ということ。「今宵を残す」は、今宵はこうして来るが、あなたは来ない、ということのほかに、「私を残して死んだ」ということ。「秋をしぞ思ふ」は、単に秋のことを思うではなく、「古人となる」（昔の人となる＝故人）つまり死んだ宗祇のことを思うということが、「しぞ」によって強調されている。「秋の心」すなわち「愁」がよく伝わる歌である。

宗祇の死骸は、箱根越えで今川氏の領国の駿河にある定輪寺《じょうりんじ》に埋葬させている。定輪寺は、曹洞宗の古刹《こさつ》で、今川氏の尊信を受けていた。氏親の、宗祇に対する思いが、ここにもうかがえる。

一五三〇）。

＊伊勢早雲―06に歌を示した。

＊宗祇―04の脚注に既出。

＊宗長―連歌師。駿河国島田の鍛冶職義助の子（一四四八―一五三二）。

32

唐人《からびと》の聖《ひじり》をまつる昔にも立ち帰るなり九重《ここのへ》の空

朝倉義景《よしかげ》

【出典】『秋十五番歌合』

宮城のある都も、平和になってさまざまなことが古式にもどる。それとともに唐の聖たちをまつっていた昔にも、立ちかえるだろう。

【閲歴】朝倉孝景の子。越前国の大名。十五代将軍足利義昭を庇護したこともあった。浅井氏とともに織田信長と戦うが破れ、最後は従弟景鏡にも裏切られて自害した。文化人として知られた武将(一五三三―七三)。

永禄《えいろく》六年(一五六三)八月二十三日に催された歌合で、十四番の歌。勝となっている。題は「秋祝」。「老法師*」という人の長い判詞《はんし》が残っている。

「唐人の聖をまつる」とは、中国の先聖・先師のまつりのこと。判者の老法師は「釈奠《せきてん》のことであろうか」とする。「釈奠」は孔子をまつる儀式のことである。釈奠は二月と八月にあり、連歌では年に二度あることは春にする

*老法師―誰かは詳しくは不明。連歌師であろう。

ので、ここは結句を「九重の秋」にすればよいと評している。秋であることをはっきりさせるためである。歌人が連歌のことをとりあげることはまれなので、この老法師は連歌師と考えられる。越前《えちぜん》の朝倉家には、連歌師の宗祇や宗長がいくども訪れ、連歌がさかんであった。老法師はさらに、「先聖・先師の道でなければ、正しい治世の術はない、このごろの都は、明け暮れのさまざまのことを力で争うことばかりであるという状況で、聖人の道に立ち返ることを明け暮れ願っている私は、このような歌をみると慰められる」とものべている。そうしたこともあってか、この歌に合わされた「明らけき御代は限りもしらま弓*引くやためしの久方の月」を負けにし、また武をもって清い政道になるに違いないが、文武は両輪といっても、武には心がひかれない、といったこともつけ加えている。

宗祇の和歌や『源氏物語』などの古典の注釈には、平和主義がうかがわれ、倫理的・道徳的な一面がある。こうした考えを受けつぐ連歌師に、地方の武士は歌の指導を受けることがあった。武将にとっては、武があっての文だが、「文弱」といわれるように、「文」がまさりすぎた武将は弱くなる。この歌合の十年後、義景は信長に敗れ、一乗谷《いちじょうだに》で死ぬことになった。

*しらま弓─白真弓。「しらま」は「知らない」の意。白真弓は「引く」にかかる枕詞。

33

われならで誰《たれ》かは植ゑむ一つ松心してふけ志賀《しが》の浦風

明智光秀《あけちみつひで》

【出典】『常山紀談《じょうざんきだん》』

私以外にいったい誰がこの古来有名な「一つ松」を再び植えようというのか。この私が植えた松なのだから、志賀の浦風よ、他の松とは異なり、折れたり、枯れたりしないように注意して吹くのだぞ。

【閲歴】光秀は長い浪々のあと織田信長の家臣として仕え、丹波亀山を領有した。天正十年（一五八二）六月二日、本能寺にあった信長を弑逆したものの、秀吉に敗れて終わった。本能寺急襲の前日に催された連歌会で「時は今天が下しる五月かな」と詠んだことは、「本能寺の変」を描く小説に必ずといってよいほど記される（一五二八？—一五八二）。

光秀は、和歌・連歌をたしなんでおり、＊『武野燭談《ぶやしょくだん》』には「歌道にも達す」と記されている。

さて、この歌の「志賀の浦」は琵琶湖の西南の湖畔のことである。＊天智天皇《てんじてんのう》の大津の宮があったことから、旧都への懐古《かいこ》の気持ちを詠むのに用いられることが多い地である。また琵琶湖の西岸の地帯を唐崎《からさき》といい、江戸時代に

＊武野燭談—作者不明。宝永六年（一七〇九）序。主に江戸初期の歴史を記す。

＊天智天皇—第三十八代天皇（六二六—六七一）。

は琵琶湖周辺の八つの景勝地を選定した「近江八景《おうみはっけい》」の一つ「唐崎の夜雨《やう》」としてよく知られるようになるが、歌の世界では、「唐崎の松」という「一つ松」があったことで知られる。たとえば『*為家千首《ためいえせんしゅ》』に「昔、都のあった志賀の浦にある一つ松は、どのくらい長く、この世に緑のまま年を過ごしてきたのであろうか」といった内容の歌がある。その唐松が枯れてしまっていたので、そのかわりとなる松を光秀が植えたおりに詠んだという歌である。

この歌には、掛詞《かけことば》といった技巧もなく、ことばも特にむずかしいものはなく、わかりやすい歌である。しかし、すこしおどけた感じで、軽い自慢話ふうに、笑いながら詠んだととるか、きまじめに、「上から目線」で注意しているととるか、鑑賞する側が光秀に対してどのようなイメージをもっているかで解釈が異なるところであろう。織田信長の家臣として緊張感あふれる日々を過ごし、ゆとりのない光秀からすれば、真剣にこのように浦風にいっているととるべきか。

なお掲載歌は岡山藩士湯浅常山*の編による戦国武士の逸話集『常山《じょうざん》紀談《きだん》』（一七七〇年頃成）におさめられているものであるが、光秀がほんとうにこのように詠んだかは定かではない。

＊為家千首―鎌倉時代初期の歌人で定家の息子の藤原為家が詠んだ千首。

＊湯浅常山―江戸中期の古文辞学派の儒者（一七〇八―八一）。

34

夏はきつねになく蟬のから衣《ころも》おのれおのれが身の上に着よ

北条氏康《うじやす》

【出典】『小田原北条記《おだわらほうじょうき》』

夏が来て、声を出して鳴くあの蟬の抜けがらではないが、各自がそれぞれ我が身にあった衣を着なさい。狐も自分にあった夜に来て鳴きなさい。

【閲歴】父は北条氏綱。相模国などの大名。天文五年（一五三六）、上杉憲政を破った河越の合戦は有名。その後、憲政は新潟の謙信の許に身を寄せることになる。武田・今川両氏と相甲駿（相模・甲斐・駿河）三国同盟を結んだ（一五一五―七一）。

【語釈】○きつね―「来つ音《ね》」と「狐」との掛詞にしている。○から衣―「唐衣」に「殻衣」をかける。

『小田原北条記』によると、氏康が、ある夏の夕方に涼んでいると、狐が来て鳴いた。控えていた人々は、日のあるうちに鳴いたのを不思議に思った。その昔、源《みなもとのよりとも》頼朝が信濃国浅間《あさま》で狩りをしたおり、狐が鳴いて通るのを見て「夏野に鳴くのはおかしい。このことを誰か歌に詠まないか」といったので、愛甲季隆《あいこうすえたか》が「夜ならコンコンと鳴くものだが、あさましいことに昼間に狐が鳴いて浅間山を走ったことだ」といった内容の歌を詠んだことを、ある家臣が氏康に話した。そこで氏康は周りの者に「夏狐が鳴くことは珍しい。このことを誰か詠まないか」といったが、誰も詠まなかったので、自ら詠んだ歌、とのことである。

「夏はきつ／ねになく」と二句にまたがるので、少々わかりにくいが、「きつね」に「来つ音《ね》」と「狐」を掛けている。また「から衣」に蟬の「から」と「唐衣」を掛けており、なかなか技巧的な歌である。

この話には、後日談がある。翌日、鳴いていた場所に狐が死んでいたので、氏康は「私が数度の合戦に勝ったのは武力だけでなく、神仏のご加護を受けているからだ」といい、ますます神仏をあつく崇拝し、人々は「この狐が死んだのも、歌の徳によって、狐が身代わりとなって凶事を引き受けて死んだのだ」といったという。早雲の歌でものべたように、すぐれた歌には神仏が反応する力があると考えられていた。

もちろんこの『小田原北条記』の話をそのまま信じることはできない。主人公が歌を詠むことによって、危機を脱したり、幸運を得るといった内容の説話「歌徳説話《かとくせつわ》」の一つとしてとらえるべきであろう。

*私が……――氏康の祖父早雲の作とされる『早雲寺殿二十一箇条』の第一が「まず神仏を信ぜよ」であり、第五条に「正直な気持ちで祈れば神の御加護が得られる」といったことが記されている。

35

今もまた流れは同じ柳陰《やなぎかげ》行きつれなれば道しるべせよ

蒲生氏郷《がもううじさと》

【出典】『蒲生軍記《がもうぐんき》』

このたびもまた西行の歌にあるように清水がすぐ横に流れている柳の陰で一休みしよう。ここは遊行上人が道しるべとした所、私もその同行者なので、柳よ、私にも道案内してください。

【閲歴】六角氏の重臣で近江国蒲生郡甘野城主蒲生賢秀の子。織田信長の娘をめとる。本能寺の変の後、秀吉に属し、さいごは会津黒川城主、九十二万石の大名となる。茶道に通じ、利休七哲の一人。辞世「限りあれば吹かねど花は散るものを心短き春の山風」（一五五六―九五）。

【語釈】○柳陰―柳の木陰。俳句では夏の季語だが、歌では季節を特に限定しない。

秀吉が、天正《てんしょう》二十年（一五九二）に朝鮮を攻めた際、病身の氏郷も会津から上京した。下野国《しもつけ》芦野《あしの》で、氏郷は、川上の柳をみて、あれは何かとたずねたところ、「*遊行《ゆぎょう》上人《しょうにん》が道しるべとした柳です」とこたえた。そこで、氏郷は「道野辺《みちのべ》に清水流るる柳かげ」の歌を思い出して詠んだ歌という。遊行上人は、諸国を行脚《あんぎゃ》して修行し、教化した時宗《じしゅう》の僧のこと。その遊行上人が、

*遊行上人が……―背景には謡曲『遊行柳《ゆぎょうやなぎ》』がある。諸

行脚のおりに道しるべとした柳だといっているのである。氏郷が思い出した歌は、西行の「*道のべに清水流るる柳陰しばしとてこそ立ちとまりつれ」である。この遊行柳は、江戸時代の代表的俳人としてよく知られる宗因《そういん》、芭《ば》蕉《しょう》が訪れ、句を詠んでいる名所である。

掲載歌は、西行の歌から「流れ」「柳陰」をとり、その柳が遊行上人の道しるべであることをふまえて詠んだものである。そうした知識がないと、何の流れなのか、なぜ道案内しろといっているのかわからない。

また同じ途次《とじ》、那須野《なすの》を過ぎたあたりで「世の中に我は何をか那須野原なすわざもなく年やへぬべき」と詠んでいる。本書でとりあげる歌によく見られる、地名に何かを掛ける技巧である。また「なす」を繰り返し、リズム感を出している。天下人の器といわれながら、病身となり、天下人となることがかなわないという思いが伝わってきて、なかなかうまい。

ただし、天正十六年四月、*後陽成《ごようぜい》天皇が秀吉の聚楽第行幸《じゅらくだいぎょうこう》のときに氏郷は「あふぐ世の人の心の種とてや千年《ちとせ》を契る松の言の葉」と詠んでいるが、これは細川幽斎《ゆうさい》の家集『衆妙集《しゅうみょうしゅう》』に代作とある。あらたまった場での歌は苦手としていたかもしれない。

国行脚の遊行上人が、朽ち木の柳の精に西行の歌が詠まれた場所を教えられたとある。

*道のべに清水流るる……―新古今集・夏歌・二六二。

*後陽成天皇―第一〇七代天皇。和学を好み、『伊勢物語』などを講じ、いわゆる慶長勅版を刊行させた（一五七一―一六一七）。

36

藻塩《もしほ》焼きうきめかる身は浦風のとふばかりにや侘《わ》ぶと答へむ

宇喜多秀家《うきたひでいえ》

【出典】『常山紀談』

「藻塩」を作るための草や食用の海草を刈り取って、つらい思いをしている、島流しとなっている私を訪れてくれるものは浦風だけであろうか、もし訪れてくれる者がおり、どうですかと問うてくれるならば、つらい思いをして暮らしていると答えよう。

【閲歴】宇喜田直家の長男。秀吉の備中高松城攻めに出兵し、講和後、備前・美作《みまさか》・備中半国を安堵される。前田利家の娘豪姫を秀吉の養女として妻に迎えた。関ヶ原の戦いで、西軍の総帥となり、敗れて島津義弘を頼り薩摩に逃れた。島津・前田両家の嘆願によって死罪を免れ、後に八丈島に配流、およそ五十年を同地で過ごして没した（一五七二―一六五五）。

関ヶ原の戦いで、西軍の大将格であった秀家は、戦いに敗れ、「山の端《は》の月は昔に変わらねど我が身のほどは面影もなし」と詠んで、姿を隠していたが、後に名乗り出て、八丈島《はちじょうじま》に流される。その地での住まいは、苫《とま》をふいた庵で、竹を編んだ戸のため、雨も風も防ぐことができなかった。そこで黒木の柱を削って、右の歌を書き付けたという。

コレクション日本歌人選［全60冊］

Collected Works of Japanese Poets

【編集】和歌文学会
編集委員＝松村雄二（代表）
田中登・稲田利徳・小池一行・長崎健
笠間書院
【価格】定価：本体1,200円（税別）

うたの森に、ようこそ。

柿本人麻呂から寺山修司、塚本邦雄まで、日本の代表的歌人の秀歌そのものを、堪能できるように編んだ、初めてのアンソロジー、全六〇冊。

特別付録●和歌用語解説

●人生のインデックス

最上川の上空にして残れるは
いまだうつくしき虹の断片
（『白き山』昭二十一、六十五歳）

数ある斎藤茂吉詠の中で、何とも合点の行かない一首でした。消えかかって残ってる虹なら、まわりはぼやけてるはず。「断片」じゃ、イメージが違う。茂吉ともあろう者が、何だ、おかしいじゃない。

ところがです。生れてはじめての東北旅行で、列車が名取川を渡る時、ふっと上を見たら、ありました！　青い空に、ぼやけるどころか、かっきりと角（かど）の立った平行四辺形の、まさに虹の「断片」が、一つならず、二つ、三つ、鮮かな七色に輝いて。茂吉が見たのは、これなんだ。ほんとなんだ。感銘しました。

歌って、こういうものなんです。「和歌はワカらない」なんて、利いた風に言う方があるけど、人生、何でもわかっちゃったらつまらないじゃありませんか。わからないから気になる。気になるから覚えてる。そしてある日ある時、実感として「アッ！」とわかったら、それは自分だけの、一生の財産。歌は、和歌は、その為のインデックスです。

短かくて、リズムがあって、きれいで覚えやすい。初期万葉以来千四百年、御先祖様が残して下さった、自然と人生のインデックス。利用しない手はありません。わかっても、わからなくても、声を出してくりかえし読んで下さい。そうしてなぜか心にとまった何首かが、いつか必ず何かの形で、あなたのお役に立つ事を保証いたします。

岩佐美代子
国文学者

［推薦］岩佐美代子・篠弘・松岡正剛・橋本治

●**勅撰集**［ちょくせんしゅう］
天皇や上皇の命令によって編纂される国家的な撰集。当代の治世を寿ぐ意図があり、「古今集」以後二十一代集が撰進された。

●**続歌・継歌**［つぎうた］
短冊に書かれた題を引いて次々と詠む方式のこと。歌合に代り、鎌倉時代以降に流行した。

●**晴の歌**［はれのうた］
天皇や摂関家が主催する公的な場で詠まれる歌。日常の生活の中で詠む褻（け）の歌に対する。

●**挽歌**［ばんか］
人の死を悲しみ悼む歌。万葉時代の言い方で、平安時代以降は「哀傷」と呼ばれるようになった。

●**百首歌**［ひゃくしゅうた］
百首一まとまりで詠む歌。好忠や重之が創始し、院政期の堀河院百首から組題百首として流行した。

●**屏風歌**［びょうぶうた］
内裏や貴族の邸宅の家を飾る屏風の絵に添えられる歌。古今集前後から拾遺集の頃に特に流行した。

●**部立**［ぶだて］
勅撰集などで採用される歌の内容上の区分。四季・恋・雑（ぞう）・羇旅（きりょ）・哀傷・釈教・神祇などがある。

●**本意**［ほんい・ほい］
題や伝統的な詠み方に添って要求されるそのテーマや素材に関する規範的な詠みよう。

●**本歌取り**［ほんかどり］
有名な古歌の一部や心を取ってうたい、複合的な情調をかもしだす詠法。新古今時代に古歌取りの特別の技法として確立した。

●**本説**［ほんぜつ］
歌を詠む際の典拠となった物語や漢詩の一節、また中国の故事など、歌以外のものをいう。

●**枕詞**［まくらことば］
特定の詞の枕となる五文字の飾り言葉。「久方の→光」「たらちねの→母」「足引の→山」など。

●**物名**［ものな・ぶつみょう］
歌の内容に直接関りのない物の名を歌の中に隠し入れて詠む言葉遊びの歌。

●**読人不知**［よみひとしらず］
作者名不明の歌、また憚って名を伏せる場合もある。万葉集では作者未詳歌と通称する。

●**連歌**［れんが］
上句と下句を別人が詠んで一首に仕立てる歌。短連歌や長連歌、有心連歌や誹諧連歌などがある。

◎和歌用語解説

●歌合［うたあわせ］
左右に分かれて歌の優劣を競う催し。左右の方人（かたうど）、判者、その判詞等からなり、歌の題詠化を促した。

●歌枕［うたまくら］
歌に詠みこまれる地名や名所。竜田と紅葉、吉野と雪・桜など多くは特定のイメージをともなう。

●縁語［えんご］
特定の歌語に意味上縁のある語で、一首の中に散りばめる。

●応制和歌［おうせいわか］
天皇や上皇の召しで詠まれる歌。応詔（おうしょう）歌や応制百首など。

●女歌［おんなうた］
女性が詠んだ歌、女性詞を用いた歌、女性らしさを装った歌など。

●掛詞・懸詞［かけことば］
同音異義を利用して別の意味を持たせる語。「眺め」に「長雨（ながめ）」、「待つ」に「松」を掛ける類。

●歌語［かご］
歌に用いられる詞。特に歌だけに用いられる語をいう。鶴を「たず」、蛙を「かわず」という類。

●雅俗論［がぞくろん］
伝統的な雅の精神と新興の俗の世界とのどちらを重んじるかという近世文学に一貫するテーマ。

●宮廷歌人［きゅうていかじん］
万葉時代に天皇や廷臣らの思いを代表して歌に詠む歌人のこと。額田王や柿本人麻呂らが主要歌人。

●組題［くみだい］
五十首歌や百首歌、千首などに一まとまりに組まれた題のこと。

●詞書［ことばがき］
歌の前に置き、歌の成立事情などを説明した文章。題詞のない場合は「題知らず」という。

●私家集［しかしゅう］
一般の撰集に対し、特定個人の歌を集めた歌集。「家（いえ）の集」ともいう。

●写生［しゃせい］
見たままを写し取ること。正岡子規が唱え、伝統的な題詠主義を攻撃するキー・ワードとなった。

●序詞［じょし・じょことば］
下の特定語句を導くための形容的な部分をいう。通常五文字以上からなり、枕詞のような決まった組合せはない。

●属目［しょくもく］
実際に見たものを詠むこと。

●題詠［だいえい］
与えられた題で歌を詠むこと。単純な一字題から「池上月」「寄鳥恋」などの結題まである。

コレクション日本歌人選に寄せて

篠　弘

●伝統詩から学ぶ

啄木の『一握の砂』、牧水の『別離』、さらに白秋の『桐の花』、茂吉の『赤光』が出てから、百年を迎えようとしている。こうした近代の短歌は、人間を詠みうる詩形として復活してきた。しかし、実生活や実人生を詠むばかりではなかった。その基調に、己が風土を見つめ、豊穣な自然を描出するという、万葉以来の美意識が深く作用していたことを忘れてはならない。季節感に富んだ風物と心情との一体化が如実に試みられていた。

この企画の出発によって、若い詩歌人たちが、秀歌の魅力を知る絶好の機会となるであろう。また和歌の研究者も、その深処を解明するために実作を始めてほしい。そうした果敢なる挑戦をうながすものとなるにちがいない。多くの秀歌に遭遇しうる至福の企画である。

松岡正剛

●日本精神史の正体

和泉式部がひそんで塚本邦雄がさんざめく。道真がタテに歌って啄木がヨコに詠む。西行法師が往時を彷徨して寺山修司が現在を走る。実に痛快で切実な組み立てだ。こういう詩歌人のコレクションはなかった。待ちどおしい。

和歌・短歌というものは日本人の背骨であって、日本語の源泉である。日本の文学史そのものであって、日本精神史の正体なのである。そのへんのことはこのコレクションのすぐれた解説を読まれるといい。

その一方で、和歌や短歌には今日のメールやツイッターに通じる軽みや速さや愉快がある。たちまち手に取れるし、目に綾をつくってくれる。漢字・旧仮名・ルビを含めて、このショートメッセージの大群からそういう表情をぞんぶんにも楽しまれたい。

橋本　治

●夢の浮橋へ

「美しい日本語」を言う人は多い。しかもそこには「分かりやすい」という条件がつく。「美しい日本語」と「分かりやすさ」は同居しない。なぜかと言えば、「伝える」と「伝わる」の間には、なんらかのギャップがあってしかるべきだからだ。言葉はそのギャップの間にかかる橋で、それが常に平坦な土橋である必要もない。コンクリートの橋である必要も。日本語の「かくあらんかし」という提要が和歌の中にあるのは決まっている。胸の中に生まれる和歌という夢の浮橋から日本人が日本語をスタートさせた以上、我々はもう一度和歌のエッセンスを胸に宿す必要があるのだ。

ご注文方法・パンフレット請求

●全国の書店でお買い求め頂けます。

●お近くに書店が無い場合、小社に直接ご連絡いただいても構いません。

電話03-3295-1331　Fax03-3294-0996　メール info@kasamashoin.co.jp

お葉書=〒101-0064　東京都千代田区猿楽町2-2-3

笠間書院「コレクション日本歌人選」係

この秀家の歌は、須磨《すま》に流された在原行平《ありはらのゆきひら》の「わくらばに問ふ人あらば須磨の浦に藻塩《もしお》たれつつわぶと答へよ」（古今集・雑下・九六二）をふまえたものである。「藻塩焼きうきめかる身」は、海女と同じように塩をとり、海藻をとって生活をしていることをいう。「藻塩」は、海水をそそいで塩分を含ませた海藻。それを焼いて水に溶かし、その上澄みを煮詰めて塩を製する。「うきめ」は水面に浮いている海藻。「憂き目」を掛けている。なお行平の歌の「藻塩たれ」は海藻に塩をかけることで、これは「しほたる」（涙を流す）を掛けている。秀家の歌もこのイメージを持つ。「わぶ」は「つらいと思う」と心情をあらわすときと、「みすぼらしい」といった状態をあらわすときがある。ここでは前者か。なお貧しくも静かにくらしていることを肯定的にとらえると、茶の湯や俳諧の世界の「わび」になるが、秀家は、そこまで達観してはいまい。

秀家は、秀吉政権下で、徳川家康*、前田利家*、毛利輝元、上杉景勝らとともに五大老の一人であるが、五大老になった時は二十六歳である。それが三十五歳で八丈島に流され、八十四歳までそこで過ごすことになった。「憂き目」にはそうした秀家の過去が示されている。

＊徳川家康―18を参照。
＊前田利家―17を参照。

37

勝頼《かつより》と名乗る武田の甲斐《かひ》もなくいくさに負けて信濃《しなの》なければ

織田信長《おだのぶなが》

【出典】甫庵《ほあん》『信長記《しんちょうき》』

「勝」が付く名の武田勝頼よ、戦いをしたかいもなく負けて、領地だった甲斐も信濃もなくして、かっこわるいことだよ。

【閲歴】尾張の織田信秀の子。十八歳で家督をつぎ、永禄三年（一五六〇）の桶狭間の戦いで今川義元をやぶって武名をあげ、畿内を征圧。「天下布武」をかかげるが、天正十年（一五八二）に明智光秀の謀反にあい、京都本能寺で自刃して果てた（一五三四―八二）。

長篠《ながしの》の合戦から七年後の天正十年（一五八二）、信長は武田家を滅亡させる。信長が、勝頼の首実検《くびじっけん》のときに詠んだとされる歌である。

「勝頼」は武田勝頼*のこと、「勝つ」という字がついているのに「負けて」とからかっている。「かいもなく」は、戦ったかいもなくと、戦って負けて領国の甲斐国もなくなり、ということ。「しなのない」は「品のない」（かっ

*武田勝頼―12の脚注参照。

こわるい）と信濃国もない、ということ。掛詞をふんだんに使い、甲斐国と信濃国の両国をとったことをうまく詠み込んでいる。

戦国時代の武将は、実際に狂歌《きょうか》を詠むものもいたが、後に創作された狂歌もある。有名人の宿命というもので、後世の人には、有名人をもとにして話を作る権利がある、といったところであろう。

信長には、自作と伝えるものもあるが、それを認めたにしてもほんの数首しか詠歌を残さなかった武将である。したがってこの歌も多分に自作とは考えがたい。秀吉は「歌連歌の道は遠い」（戴恩記《たいおんき》）といいながら、「関白」という位につく公家になるためか、しきりに歌を詠んだ。信長は将軍足利義昭《よしあき》などと関係がありながら、歌を残さなかった。茶道具のような直接的な感触のあるものにしか興味を示さなかったということか。

勝頼の首実検に関しては、『三河物語《みかわものがたり》』*に、信長が「日本に隠れ無き武将だが、運が尽きてこうなった」といったとあり、『常山紀談』*には「父の信玄が非道不義だからこうなった。上洛できなかった信玄のかわりに送ってやる」と杖で首を叩き、蹴り飛ばしたとある。もしこの歌が、後の人の作だとすると、『常山紀談』の信長のイメージに近いといえようか。

＊三河物語―大久保彦左衛門忠教の著。家康の事蹟を中心に、大久保一族の歴史を述べる。

＊常山紀談―33の脚注参照。

38

豊臣秀吉

両川《りやうせん》のひとつになりて落ちぬれば森高松《もりたかまつ》も藻屑《もくづ》にぞなる

【出典】『陰徳太平記《いんとくたいへいき》』

二つの川が一つになって、この平野に落ち流れれば、森も高松も藻屑になることよ。

【閲歴】尾張中村に足軽木下弥右衛門の子に生まれ、藤吉郎として織田信長につかえ、次第に出世、ついに関白太政大臣に至った。本能寺の変の後、明智光秀、柴田勝家をやぶり、徳川家康を臣従させて、全国を統一した（一五三七〜九八）。

天正十年（一五八二）五月、豊臣秀吉は毛利輝元《てるもと》*と結ぶ清水宗治《しみずむねはる》*の守る備中高松城を攻める。沼田と湿地に囲まれた地にある高松城は攻撃しにくい城であった。秀吉は、竹中半兵衛*と黒田如水《じょすい》*の考えを取り入れ、梅雨を利用して水攻めをする。毛利側から、小早川隆景《たかかげ》*、吉川元春《きっかわもとはる》*が援軍として駆けつけたので、この歌を詠み、味方の軍を励《はげ》ましたという。

＊毛利輝元―22の歌人元就の孫。初め信長に抗したが後秀吉と和解して五大老の一人となった。

＊清水宗治―毛利方、備中高松城主。和睦と引きかえに自刃し果てたときの「浮世

「両川」は、援軍に来た吉川《きっかわ》元春と小早川隆景のこと。ともに名字に「川」が含まれている。「ひとつになりて落ちぬれば」は、現在進行している「水攻め」のこと。堤を作って、近くの川の流れを変え、城の周囲の水を増している状態である。それによって城が決壊して水没することを意味している。「森」は「毛利」、「高松」は高松城のこと。高松の縁で「森」とした。水没すれば、水中の藻屑《もくず》となるというのである。

先にあげた織田信長《のぶなが》の狂歌と同様、掛詞をうまく使い、よくできた狂歌である。秀吉は、関白という位につく公家として、伝統的な歌を残し、吉野山や醍醐《だいご》寺の花見のおりには歌会を催しているので、その点、歌に関心が薄かった信長とは異なる。しかし、この歌がほんとうに秀吉が詠んだものかどうかは疑問である。

なおこの高松城を攻めているおりに、本能寺の変がおこり、信長が明智光秀に殺され、秀吉は急遽《きゅうきょ》、毛利軍と和睦《わぼく》、京都方面に戻った「中国大返し」のことは、よく知られる。毛利軍は、信長の死を知ったが、隆景が、講和を守って追撃せず、秀吉は光秀を討ち、天下人となっていく。

をば今こそ渡れ武士《もののふ》の名を高松の苔に残して」の、辞世は特に有名。
＊竹中半兵衛―羽柴秀吉の軍師。
＊黒田如水―黒田家の祖黒田官兵衛。竹中半兵衛とともに秀吉の軍師。
＊小早川隆景―毛利元就の三男。
＊吉川元春―毛利元就の次男。

39

薄墨《うすずみ》につくれる眉のそば顔をよくよく見れば帝《みかど》なりけり

細川幽斎《ゆうさい》（藤孝《ふじたか》）

【出典】『古今《ここん》夷曲集《いきょくしゅう》』

三稜《みかど》の形をした蕎麦《そば》のような薄墨色に作った眉の横顔を、よくよく見てみると、それは帝であった。

【閲歴】細川元常の養子。織田信長の援助を得て足利義昭の上洛に成功。義昭が信長に京都を追われた後は信長の家臣となる。関ヶ原の戦では徳川家康方につき、丹後の田辺城に籠城、敵の兵を引き留めた。古今伝授を受けた幽斎が戦死して、歌の秘奥が断絶するのを憂えた後陽成天皇が開城の勅使を遣わし、出城した話は有名（一五三四―一六一〇）。

有名な狂歌である。詞書に、蕎麦粉《そばこ》を熱湯で練って作った蕎麦掻餅《かいもち》が出された場で詠んだ、とある。

当時の公家《くげ》は、もともとの眉を抜くか剃るかして、薄墨色の眉をかいた。それを「眉を作る」という。蕎麦掻餅も薄墨色をしている。「そば顔」とは側面からの顔、つまり横顔のことだが、「そば」に「蕎麦」を掛ける。蕎麦の実は「三稜」（みかど）の形をしており、「帝」を掛けている。蕎麦掻きを好んだ秀吉の御前で詠んだとするものもある。『*太閤記』によれば、吉野山の花見のおり、秀吉は、眉を作り、お歯黒をしていた。

幽斎は、「古今伝授《こきんでんじゅ》」という、歌学の秘伝を伝授した人として有名である。門弟松永貞徳《ていとく》は「若いときから、弓馬はもちろん、和歌・連歌・蹴鞠・料理・太鼓・鼓の道まで心がけ、その道をきわめ、人よりはるかにすぐれていた」とのべ、「しをらしき大名」と評している（*戴恩記《たいおんき》）。貞徳の評価通り、幽斎は伝統的な二条派の歌風をつぎ、すぐれた歌も多く残している。しかし、*本阿弥光悦《ほんあみこうえつ》は、歌を愛すると武が弱くなる、幽斎は歌が下手でも家を興し、長嘯子《ちょうしょうし》は歌にすぐれていたが大名家をつぶした、といっている（本阿弥光悦行状記）。

幽斎の特徴の一つは、ユーモア（俳諧）の存在理由を認識していたところである。緊張した場面で俳諧の歌や句を詠んで、場をなごませるだけでなく、『伊勢物語』の研究においても、「俳諧」の段を発見している。「緩急を使い分ける」といういいまわしがあるが、伝統的なまじめなものと、ユーモアのあるものを使い分けられた希有《けう》な武将であった。

*太閤記―14の脚注参照。

*載恩記―01の脚注参照。

*本阿弥光悦―刀の鑑定、研《けん》磨《ま》、蒔絵《まきえ》、書道などに非凡な才能を示した。嵯峨近郊に一大芸術村を作り、嵯峨本を作るなど、当時天下第一の名人といわれた芸術家（一五五八―一六三七）。

40

人は城人は石垣人は堀情《なさ》けは身方《みかた》あだは敵なり

武田信玄《しんげん》

人は城のようなものである、人は石垣のようなものである、人は堀のようなものである、情けをかけることは身方になり、害をあたえれば敵方となる。

【出典】『道歌《どうか》百人一首』

【閲歴】武田信虎の長子。信玄は法名。名は晴信。父の信虎を追放して国を治める。甲斐国の大名。上杉謙信との川中島の戦いは有名（一五二一—七三）。

いろいろな書物に引かれる、よく知られた歌である[*]。信玄が城を持たず、防備力のない躑躅ヶ崎《つつじがさき》の館を居所としていたことと結びつけて、城、石垣、堀を作るよりも人こそが最大の防御になると、人の重要性を説いたものである。

武田家は甲斐の守護をつとめていた家柄。中央政権との交渉もあったの

*よく知られた歌—昭和三十六年に作られた「武田節」の第二幕の歌詞にもそのまとめられている。

で、教養として歌をたしなんだ。信玄の弟の信繁《のぶしげ》も「歌道にたしなみを持つべきである」とのべている（武田信繁家訓）。信玄も同様に考えていたようで、たとえば『集外歌仙《しゅうがいかせん》』に「松間花」という題で「立ち並ぶかひこそなけれ山桜松に千歳の色はならはで」といった、伝統的な歌が残されている。

しかし、信玄の歌としてもっとも有名なのは、そうした伝統的な歌ではなく、「道歌《どうか》」とか「教導歌」といわれる右のような歌である。たとえば家康には、「人多し人の中にも人ぞなき人となせ人人となれ人」があり、島津忠良《ただよし》*には「いろは歌」として「いにしへの道を聞きても唱へてもわがおこなひのせずばかひなし」からはじまる教訓歌が伝わる。こうしたものは、あらためて説明を必要としない、わかりやすい内容であり、当然ながら文学性がとぼしいが、一般にはよく知られている。

この「人は城」の歌は、信玄の「風林火山」の旗標《じるし》とともに、よく知られているが、実は信玄がほんとうに詠んだかは疑問である。名将は死んでも後世の人を導くということなのであろう。たとえ仮託《かたく》された歌でも、それを本人のものと思って、教化された人たちがいたことは無視できまい。

＊島津忠良—薩摩国の武将（一四九二—一五六八）。忠良作「いろは歌」は、近世薩摩藩士の教養とされた。

41

日本《ひのもと》のひかりや四方《よも》の今日の春

吉川広家《きつかわひろいえ》

【出典】『出陣万句三物《しゆつじんまんくみつもの》』

今日の春の日に、日の本の光が四方にさすことであろう。

【閲歴】吉川元春（毛利元就の次男）の三男。正室は宇喜多直家の娘。文禄・慶長の役に出陣し、毛利家の別働隊を指揮し、籠城する加藤清正を救援している。関ヶ原の戦いでは、黒田長政を通じ家康に内通、毛利家本領の安堵の密約を得たとされるが、反古にされる（一五六一―一六二五）。

本書01の歌で三好長慶が「歌連歌」とセットで詠んでいるように、武士の文の道で、特に嗜《たしな》まれていたのが和歌と連歌である。戦国武将の中には、連歌を指導する「連歌師」から、和歌の詠み方や歌の学問などを学んだ者も多い。戦国武将の和歌を理解するためには、彼らが嗜んだ連歌というものも理解しておく必要があろう。そこで、ここから連歌をとりあげる。

連歌には、長連歌と短連歌がある。和歌を五七五（上句）と七七（下句）の二つに分け、それぞれを一句ずつ別人が詠んで終わるのが短連歌、下句にさらに上句を付け、さらに下句を付けて続けていくのが長連歌である。連歌には娯楽性の強い場合と、宗教性が強い場合がある。宗教性が強い連歌とは、神仏に奉納して、喜んでいただき、願いをかなえてもらうための連歌のことである。武士の願いにもいろいろあるが、まずは戦勝祈願があげられる。出陣前に連歌を詠み、信仰する神仏に奉納することはしばしばおこなわれた。

豊臣秀吉が、朝鮮に出兵するさいにも戦勝祈願連歌をおこなっている。さすが〈天下人・秀吉〉だけあってスケールが大きく、天正二十年（一五九二）五月四日からはじめられ、一ヶ月半ほど後の六月二十日に伯耆《ほうき》国の大山《だいせん》寺に奉納された「大山万句連歌」*がそれである。総数十万句になる連歌が奉納された。残念ながら、現在は十万句のうち最初の一万句の発句*・脇句・第三を抄出したものしか残っていない。その最初の千句の巻頭の百韻の発句が掲載したものである。秀吉のご威光が占領地までも届くことを意味している。

*万句―長連歌は上句と下句を百句続けた「百韻」を単位とし、それを十巻まとめて「千句」とし、さらにそれを十巻まとめて「万句」とする。

*発句・脇・第三―長連歌の一番最初の句を「発句」、次を「脇句」、その次を「第三」といい、連歌の抄録は、この三句を記す。「みつもの」といわれる。

42

大坂《おほざか》や揉《も》まばもみぢも落ち葉かな

織田信長

【出典】『新撰狂歌集』

もし、揉んだならば大坂の紅葉も落ち葉となるだろうよ。

【閲歴】37の歌参照。

表の意は訳にあげたとおりである。しかし、この句は天正四年(一五七六)四月に石山本願寺の顕如《けんによ》*を攻めたときに詠まれた戦勝祈願連歌のものであり、裏の意もある。「大坂」は、大坂にあった石山本願寺であり、顕如と彼の率《ひき》いる一向宗勢力のことである。「もむ」は手や指にはさんでこすることだが、ここでは激しく攻め立てることもいう。「落ち葉」の「落ち」には「落城」

＊顕如―浄土真宗の僧。本願寺第十一世。一向一揆を組織して信長と交戦。和した後、石山を退去するが、後にもどり、一五九一年、豊臣秀吉から京都堀川に寺地を与えられる(一五四三―九二)。

の「落」の意味も持たせる。「顕如の率いる石山本願寺も、はげしく攻め立てれば、もみくちゃになって落城するであろう」というのが裏の意である。表現技巧としては「もまばもみぢも」の「も」の繰り返しがリズミカルでうまい。

以上、広家、信長と二人の武将の戦勝祈願の連歌をあげたので、その詠み方に気づかれたであろう。あくまでも「戦いに勝つ」ということを露骨には詠みこまずに、まずは自然を詠み上げるのである。そして「こうしたい」「こうなってほしい」といった、戦いに勝った後の光景を裏の意にこめるのである。なお、戦勝祈願が第一の目的のため、必ずしも詠まれた時期の季節の言葉が詠み込まれるとはかぎらない。

掲載句は『新撰狂歌集』＊によれば信長が詠んだものであるが、それが確かは疑問である。信長の死後、信長が有名人ゆえに創作された話は少なくない。『甲陽軍鑑』《こうようぐんかん》には、長篠《ながしの》合戦のおりに「松風にたけたくひなきあしたかな」と信長が詠んだとある。「たけたくひなき」に「竹類《たぐひ》なき」と「武田首無き」が掛けてある。自作か否かはともかく、凝った連歌である。

＊新撰狂歌集―編者不詳。寛永六年以降寛永中（一六二九―四四）に刊行された狂歌集。

43

時は今天《あま》が下しる五月《さつき》かな

明智光秀

【出典】『愛宕《あたご》百韻』

時は今、天下を治める五月となったことよ。

【関歴】33の歌参照。

織田信長や明智光秀の生涯を描いた小説には必ずといってよいほど引用される最も有名な連歌の発句《ほっく》である。天正十年（一五八二）五月に、山城国の愛宕《あたご》山《やま》西之坊威徳院《いとくいん》で詠まれた。光秀は信長から毛利征伐の先鋒《せんぽう》を命じられており、まわりの者たちは、これから出陣するにあたっての戦勝祈願の連歌である、と認識していたと思われる。つまり「信長様が毛利氏を倒して天下をおさめる五月であるよ」の意で裏の意がない。

ところが、光秀は、中国地方に向かわず、本能寺に向かい、信長を討つことになる。六月二日のことである。そのため、この連歌は同じ戦勝祈願でも、毛利氏に戦勝するのではなく、信長に戦勝することを裏に祈願したという解釈がなされるようになる。そうなると句の「時」には、光秀の本姓「土《と》岐《き》」が、掛けられることになり、「時は今、土岐氏の私が天下をおさめる五月であるよ」といった意になる。

後日談がある。後に秀吉の天下になって、この連歌に一座していた紹巴《*じょうは》は、秀吉が光秀の謀反《むほん》を知っていたのではないかと責められる。そのとき紹巴は、その時の連歌を記録した懐紙をみせた。それには「時は今あめが下なる五月かな」とあり、「時は今、五月雨の季節で、世の中は雨の下である五月であるよ」という意になる。だから知らなかったし、光秀が自分の手元にある懐紙を後でなおしたのであろう、と紹巴は弁解した。しかし、紹巴の持参した懐紙も、削った跡があり、そこに「あめが下なる」と書いてあったという。事実かはともかく、話がねられ、面白い。

＊紹巴―連歌師。周桂、昌休に師事。四十歳頃から連歌界の第一人者となり活躍（一五二四？―一六〇二）。

44

たなびくや千里《ちさと》もここの春霞

今川氏親

【出典】『出陣千句』

いまこの地では春霞がたなびいているが、ここから千里も離れた土地まで、この春霞はたなびくことであろう。

【閲歴】31の歌参照。

これまで戦勝祈願の連歌をとりあげたが、実際に戦勝したらどうしたのか。今日でも、神仏に願掛けをした願いがかなったら「願解《がんほど》き」「かえり申し」つまりお礼参りをするのと同様に、戦勝報賽《ほうさい》の連歌をすることがあった。掲載の句*がそれにあたる。

永正元年（一五〇四）、伊勢早雲が扇谷上杉を助けて、山内上杉と戦った。そ

＊掲載の句―戦勝祈願のおりとする説もある。

のときに、氏親は、早雲に味方した。氏親は早雲の甥にあたる。九月十八日に国を立ち、十月四日には戦いに勝って鎌倉にもどり、熱海に逗留して帰国した。この出陣のさいに伊豆の三島社に戦勝祈願したらしい。無事勝ったので「かへり申しの悦びをしたまふ」と奉納願書にある。その「かへり申し」（報賽《ほうさい》）として詠まれたのがこの千句である。第一百韻の発句のみ氏親で、後は連歌師の宗長《そうちょう》が詠んでいる。十月二十五日からはじまり、完成したのは二十七日であった。千句は百韻十巻からなる。「出陣千句」は、第一から第三までの百韻の発句は春、第四・五は夏、第六・七・八は秋、第九・十は冬であり、四季の題で構成されている。したがって十月におこなわれた連歌であるが、掲載の句は春のものとなっている。

　表の意は訳の通り。裏の意は、扇谷上杉や伊勢早雲など味方の勢力が千里もの遠くまで及ぶことを詠んでいる。天正十八年（一五九〇）、秀吉が北条氏を討つ為出陣する前日の三月十八日、戦勝祈願連歌の紹巴の発句「関越えて行く末なびく霞かな」*が、同様な意の「霞たなびく」を詠んでおり、参考になろう。

＊関越えて…──逢坂の関を越えて小田原まで秀吉の支配になるという意。

45

奥山に紅葉を分けて鳴く蛍

豊臣秀吉

【出典】『続近世畸人伝《ぞくきんせいきじんでん》』*

奥山の紅葉を分けて行って、蛍が鳴いていることよ。

【閲歴】38の歌参照。

『百人一首』に採録された「奥山に紅葉踏み分け鳴く鹿の声聞くときぞ秋はかなしき」（猿丸大夫）をふまえて詠まれた句である。二つのことが注目される。一つは、「紅葉」は秋、夏虫ともいわれるように「蛍」は夏で、問題とならないか、という点である。二つめは「蛍」は「鳴く」のか、という問題である。秀吉としては、変わった句を詠んで注目されたかっただけかも

＊続近世畸人伝―伴蒿蹊・三能花顚《かてん》編。一七九八年刊。奇人の伝記集。

しれないが、その場にいた紹巴《じょうは》が、わざわざ「蛍は鳴きません」と指摘して、雰囲気が悪くなりそうであった。確かにそうでも、いわないほうがよいこともある。その場を救ったのが細川幽斎である。「蛍というものも、場所によっては鳴くものらしい。何とかいう歌集に「武蔵野のしのをつかねて降る雨に蛍よりほか鳴く虫もなし」とあった」といって、その場をおさめた。後で紹巴が幽斎に「何という歌集に載っているのか」と尋ねると、「あなたの首をつなぐために、私が創作しました。以後、秀吉にさからわぬように」とさとされたという。別な機会に秀吉が「谷かげに鬼百合咲きて首ぐなり」と詠んだところ、紹巴は神妙な句とほめた。秀吉に「蛍は鳴かぬが、鬼百合はぐなりとするのか」と聞かれて、「慈鎮《じちん》和尚が「まくずが原に風さわぐなり」と詠んでいる」と返答している。もちろん風が「騒ぐなり」であって、「ぐなり」ではない。頓智《とんち》のように、うまく応じている。

秀吉、紹巴、幽斎という癖ある人物が揃った、いいキャストである。後世に創作された話とは思われるが、秀吉の連歌にまつわる話としてはよく知られているのでとりあげることにした。

46

細川幽斎

藻塩草《もしおぐさ》かく跡たえぬ霞哉　昌叱
真砂地《まさごぢ》遠き春の夕暮　藤孝（幽斎）

【出典】『定家卿色紙開百韻《ていかきょうしきしびらきひゃくいん》』

藻塩草を掻き集めた跡は絶えることなく、そこに春霞が絶えることなく立ちこめていることよ。春の夕暮、霞のたちこめる浜の砂地、その中の道は、はるか遠くまで続いていることよ。

【閲歴】39の歌参照。

これまで発句をとりあげたので、脇句《わきく》を詠んだ句をあげる。

広く人に知らせることを「披露」という。現代でも「結婚披露宴」があるように、おめでたかったり、すばらしかったりと、よいことが披露される。よくないことは人に知られたくないのであまり披露しない。

さて、幽斎には披露にあたいするものを多くコレクションしていた。『百人一首』にも収録されている、藤原定家《ていか》の歌「来ぬ人をまつほの浦の夕凪に焼くや藻塩の身もこがれつつ」を、定家自らが書いたとされる自筆の色紙もその一つである。歌人にとって定家自筆の色紙は貴重である。その色紙の入手を祝し、天正七年（一五七九）正月に紹巴の邸宅で披露して、おこなった連歌である。そのため*昌叱《しょうしつ》、幽斎も定家の「来ぬ人」の歌をふまえている。「藻塩草」は塩をとるための海藻で、搔《か》き集めるものである。そこから「搔き」に「書き」を掛け、「藻塩草」が「書くもの」つまり「歌の詠草」の意味で用いられるようになる。裏に、定家が「藻塩」を詠んだ歌を書いた色紙には、その書いた跡が今日まで絶えることなく伝わっているという意をこめ、「定家卿色紙開き」の連歌会にふさわしい。

幽斎の句も藻塩を焼く海岸の風景を詠んでいる。真砂は『古今集』の仮名序の例にあるとおり数多く、永遠なものとして賀歌に詠まれることが多い。「まさごぢ」に「真砂地」（砂浜）「真砂路」（砂の中の道）を掛け、真砂地には歌道の意をこめていよう。つまり裏に歌の道の繁栄や永遠性が込められている。幽斎ほどの歌人になると、連歌の質も高い。

＊昌叱―連歌師。昌休の子。昌休没後、紹巴のもとで連歌師としての修業を積む。

47

松平広忠《ひろただ》

神々の永きうき世を守る哉
めぐりは広き園の千代竹　広忠
玉を敷き砌《みぎり》の月はのどかにて　其阿

【出典】『*御城御連歌《ごじょうごれんが》』

神々は、この世をずっと守ってくれる。周囲には広い園があり、千代竹がはえている。玉を敷き詰めた庭を照らす月はのどかなものである。

【閲歴】松平清康の子。三河国額田郡岡崎城主。徳川家康の父。今川氏の庇護のもとで松平家の存続をはかる（一五二六―一五四九）。

＊御城御連歌―主に江戸城でおこなわれた連歌を集めたもの。

天文十二年（一五四三）二月二十六日、三河国岡崎城でおこなわれた「夢想連歌」である。46の歌で、色紙の披露の連歌をあげたが、披露するのは物だけではなく、夢の中で想を得た連歌も披露する。それを夢想句という。その句は、神仏の霊験によるものと考えられ、署名は「御」と書くか、または書かないままにしておく。掲載の連歌は、二月二十六日におこなわれているので、前日の二十五日にみた夢で得られた句と考えられる。二月二十五日は、*菅原道真《みちざね》（天神）が亡くなった日として、天神信仰上、特別な日。つまり掲載句は、天神の句。そして天神は、連歌の守護神である。

　夢をみたならば、まずどのような夢を見たか、次にその夢をどう判じる（夢合わせをする）かが大切である。良い夢はそれが叶うように、悪い夢はそうならぬようにするのである。そうした夢合わせの一つのあり方として、連歌の場合は、夢でみた句を発句として、脇句から付けていくのである。ここでも「神が守ってくれる」ことを現実にするために連歌がおこなわれた。

　掲載の連歌は、徳川家にとって重要な意味を持つ。脇句が家康の幼名にかかわるからである。家康は幼少のころ「竹千代」といった。この連歌の第三句を詠んだ称名寺の僧の其阿《ごあ》が、広忠の句によって名付けたのである。家康はこの前年に生まれている。もちろん神の霊験によって得た句を発句にした連歌で、家康の父広忠が詠んだ句からだからこそ、その名に意味がある。武将にとって連歌はこのように重要な位置をしめることもあった。なお、このこともあって、江戸幕府は、正月に連歌をすることを年中行事とした。世に「御城連歌」と呼んでいる。

＊菅原道真—平安前期の公卿。大宰権師に左遷され、その地で没。後世天満天神として全国的に信仰される。漢詩文集『菅家文草』など（八四五—九〇三）。

48

上杉謙信

霜満陣営秋気清／数行過雁月三更／越山併得能州景／任他家郷憶遠征

【出典】『名将言行録』

霜は陣営に満ち、秋らしい感じはさわやかだ。真夜中、月が出ており、数行の雁が飛んでいく。越後の山々とあわせて、能州の光景を手に入れた。故郷への思いは他の人にまかせて、自分はこのたびの遠征のことをいろいろと思うことにしよう。

【閲歴】25の歌参照。

霜は陣営に満ちて、秋気《しゆうき》清し。
数行の過雁《かがん》、月、三更《さんこう》。
越山《えつざん》あわせ得たり、能州の景。
他に任せん、家郷のこと。遠征を憶《おも》わん。

【語釈】○過雁―空を飛んで過ぎていく雁。○三更―夜中の十二時から二時の間。○越山―越後の山。○家郷―故郷。

歌や連歌だけでなく、漢詩を詠む武将もいたので、さいごにあげることにする。掲載の漢詩は、『日本外史《にほんがいし》』『常山紀談』など多くの書に引用され、戦国武将の漢詩としてはもっとも有名なものの一つである。

天正二年（一五七四）、今の石川県にある能登七尾《ななお》城を攻め落とし、古来名月を観賞する九月十三日の夜の詩歌会で詠まれたとされる。『名将言行録』によれば、謙信は歌や漢詩をよくしたとされるが、現存するものは少なく、本当に謙信の作かあやしい。ただ伏見城で伊達政宗が諸大名に金貨を披露して、*直江兼続《なおえかねつぐ》に渡そうとしたところ、直接とらず、扇の上で受取り、投げ返して「謙信公以来采配を任されてきた私は、このようなものを持ったら手が穢《けが》れる」といった話が伝わる。謙信を崇敬《すうけい》していたと考えられる直江兼続が、歌ではなく漢詩にこだわっているところから推量すると、謙信は漢詩を好み、それに対する兼続のあこがれがあったと思われなくもない。

『名将言行録』には掲載の漢詩に続いて、謙信の連歌として「月澄まばなほ静かなり秋の海」をあげる。同じ時期のものであろうか。「ただでさえ静かな秋の海なのに、澄んだ月が住めば、よりいっそう静かであろう」の意。日本海が冬の荒海になる前のことを意識して詠んだものであろうか。

*直江兼続―50参照。

49

武田信玄

簷外風光分外新／捲簾山色悩吟身／孱顔亦有蛾眉趣／一笑靄然如美人

【出典】『甲陽軍艦』

軒の外の景色は、思いの外新しい様子ですてきだ。簾を捲いて、新しい山の色をみると、あまりに楽しそうで、それをどのように漢詩に吟じようかと、わが身を悩ませる。山の高く険しい様子は、まるで中国の蛾眉山のようである。山はたのしそうに一笑しているようで、そこに霞がたなびくさまは、まるで美人のようである。

簷外《えんがい》の風光、分外《ぶんがい》新たなり。
簾を捲いて、山色吟身《ぎんしん》を悩ます。
孱顔《さんがん》も亦、蛾眉《がび》の趣あり。
一笑靄然《あいぜん》として、美人のごとし。

【閲歴】40の歌参照。

天正十年（一五八二）、織田信長に責められたさいに、「心頭を滅却すれば火自《おの》

【語釈】○簷外―軒の外。作者は屋内にいて外の気色を詠んでいる。○分外―分別の外、つまり思ってもいないということ。○新―冬景色から春景色になり、新しくなったということ。○吟

身―詩を吟ずる人。○靄然―霞のたなびくさま。

ずから涼し」といって火中に投身して死んだ快川《かいせん》紹喜《しょうき》は、信玄が招いた高僧である。その快川が、信玄は和歌・漢詩を詠むといっており、漢詩は特に熱心であったようである。ライバルの上杉謙信は、漢詩に関しては前掲のものしか伝わらず、しかも自作ではないとする説もある。それに対して信玄は、自作と考えられるものが複数残っている。

さて掲載の漢詩の題は「春山如笑」（春山笑うがごとし）である。春の山が、笑っているかのようになごやかで美しい様《さま》のことである。外から漂ってくる新春の気配を感じ、簾を巻き上げると、山々の様子はまさに春らしい様子で、漢詩を吟じる身を悩ます。「孱顔」は山の高く険しい様子をいい、中国の有名な蛾眉山に似ているとする。「蛾眉」は、蛾の触角のように細長い眉のことで、美人のこともいう。「一笑」は一回笑うことだが、一笑いが千金にも価するのが美人の笑いである。山の一笑いは、まるで美人のようだというのである。「風光明媚」の「媚」も女編であるように、風景は「美人」にたとえられる。信玄もそれをふまえた。信玄の躑躅ヶ崎の館は山に近く、おそらく実景をもとに作ったと思われる。

50

二星何恨隔年逢／今夜連牀散鬱胸／私語未終先灑涙／合歓枕下五更鐘

直江《なおえ》兼続《かねつぐ》

【出典】『名将言行録』

牽牛星と織女星は、どうして年に一度しかない逢瀬を恨もうか。今夜床を共にすれば、胸の憂鬱が散る。睦言《むつごと》がまだ言い終わらないうちに、涙があふれでる。二人が一緒に寝ている枕のあたりに五更をつげる鐘が聞こえる。

【語釈】○二星―牽牛星と織女星。○連牀―男女が一緒に床で寝る。○鬱胸―憂鬱な気持ち。○私語―男女のあいだでとりかわされるささやき。○合歓―男女の共寝。○五更―午前四時ころ。

二星何ぞ恨みん、年を隔てて逢うを。
今夜は牀《とこ》を連ねて鬱胸《うっきょう》を散ず。
私語いまだ終らざるに、まず涙を灑《そそ》ぐ。
合歓《ごうかん》、枕下《ちんか》、五更《ごこう》の鐘。

題は「織女惜別」（織女、別れを惜しむ）で、七夕のことを詠んでいる。

【閲歴】樋口兼豊の子として産まれ、後に直江氏を継ぐ。上杉景勝の家老。秀吉の知遇をえて、米沢三十万石を与えられた。徳川家康の景勝征伐に対抗し、最上義光、伊達政宗と戦う。関ヶ原の戦の後、上杉氏が米沢に移封、六万石となる（一五六〇—一六一九）。

兼続は、『名将言行録』には和歌詩文に通じていたとあるが、48の歌の鑑賞でも記したように、和歌が伝わっていない。「漢」の字には、「好漢」「悪漢」ということばがあるように「男」という意味がある。漢詩のみを詠むということは、男であることにこだわったことを示しているのかもしれない。京都から奥州に帰るときに、歌ではなく、起・承句は伝わらないが「春雁似吾吾似雁／洛陽城裏花背帰」(春雁は吾に似て、吾は雁に似る。洛陽城裏《じょうり》の花に背《そむ》きて帰る)と漢詩を詠んでいる。また日本で最初の銅活字印刷による出版は、兼続によってなされ、それは中国の詩文集『文選《もんぜん》』であった。

ただ誤解してほしくないが、和歌を解さなかったということではない。連歌の流れを汲《く》む文芸に「和漢(漢和)連句」がある。連歌と同様に句を続けるのだが、日本語の句に、五言の漢句を続けていくという文芸である。和歌と漢詩の両方を理解できなくては参加できない。「和漢(漢和)連句」に兼続も一座しており、歌の教養があったことが知られる。ただしその場合も和句は詠まず。漢句を詠んでいる。いかにも兼続らしい。

51

伊達政宗

馬上少年過／世平白髪多／残軀天所赦／不楽是如何

【出典】『貞山公集』

戦場で馬に乗って少年の日々を過ごした。世の中が平和になり、老いて白髪が多くなった。こうして生き残ったのも天がそれをゆるしたからだ。どうして余生を楽しまずにいられようか。

【閲歴】 30の歌参照。

馬上、少年を過ぐ。
世平らにして白髪多し。
残軀《ざんく》は天の赦《ゆる》すところ。
楽しまずして、これいかん。

政宗は天正九年（一五八一）、十三歳にして初陣《ういじん》、その三年後に織田信長が本能寺の変で死ぬ。二十四歳のときに小田原に参陣し、秀吉に謁《えっ》す。三十二歳のときにその秀吉も死に、その後関ヶ原の戦、大坂冬の陣に参陣し、豊臣氏が滅ぶ夏の陣のときには四十九歳であった。「四十九年は一睡の夢、一期の栄華は一杯の酒」と詠んだ上杉謙信の享年《きょうねん》は四十九。光秀に攻められた信長が本能寺で舞ったという幸若舞《*こうわかまい》「敦盛《あつもり》」は「人間五十年、下天のうちをくらぶれば、夢幻のごとくなり」、このとき信長四十九歳。家康の死後も世の中は乱れることはなかった。掲載の漢詩は、酒に酔ったときに詠んだとされる。天下取りをあきらめ、老人となるまで生き残っているのは、天がそれを許してくれたからだろう、余生を楽しまなくてどうしようかというのである。「遅れてきた戦国武将」といわれる政宗が、酔っぱらって脳裏に浮かんだのは、戦場をかけめぐった若き日と、今は亡き、その時代に名を馳《は》せた武将達であり、老人となって太平の世に生き残った我が身である。この漢詩を悟《さと》りととるべきか、それとも天下を取ることができなかった嘆息《たんそく》ととるべきか。それはまた戦国武将の挽歌《ばんか》というべきものであろう。

＊幸若舞―室町時代に流行した芸能で、軍記物語に登場する武将を題材とするものが多い。

戦国武将の歌概観

戦乱が多発した「戦国時代」には、多くの武将が登場した。戦国時代といっても、中央に征夷大将軍がいて、幕府が存在していた以上、あくまでも室町時代の一時期である。室町幕府は京都に開かれ、将軍の正妻は公家の娘である。天皇や公家で、特殊な事情がないかぎり歌を詠まぬものはいないといってよい。当然、将軍とその周辺の武士も歌を詠む。何らかの事情で地方に下った公家たちも、その地の武将に歌をひろめたのである。

よく文武両道ということが言われる。「文」を身につけることは、コミュニケーション能力を高めることにつながる。歌も理解できないより、また詠めないより、それができた方がよい。しかし武士をたばねる武将にとって大切なのは戦闘能力を高めることであって、よい歌が詠めることではない。すぐれた武将が「武」よりも「文」に熱心になることはない。したがって武将の詠歌が文芸としてすぐれていることはまれである。ただし、戦国時代の武将の人生は、現代人からみればきわめて非日常的で、ドラマチックである。誰の詠んだ歌か不明であれば、誰も注目しないようなものであっても、有名武将が詠んだものとあれば、作者が際だって魅力的なゆえに、その歌も輝いてくる。はじめに作者の人生があってこその歌、それが戦国武将の歌といえよう。

人物一覧

本書でとりあげた武将を、没年順に掲げた。生没年には異説があるもの、不確かなものもあるが目安として作成した。参考までに大きな事件を附記した。

年号	没年	歴史事跡
	一四六七～七七年	応仁の乱。
文明	細川勝元（一四三〇～七三）	足利義尚、征夷大将軍。
	朝倉孝景（一四二八～八一）	
	太田道灌（一四三二～八六）	
延徳	足利義尚（一四六五～八九）	
	足利義政（一四三六～九〇）	
明応	大内政弘（一四四六～九五）	
	一五〇六年	一向一揆、越中を侵す。
永正	蒲生智閑（?～一五一三?）	
	北条早雲（一四五六?～一五一九）	
大永	今川氏親（一四七三?～一五二六）	
享禄	大内義興（一四七七～一五二九）	
天文	長尾為景（一四八九?～一五四三?）	鉄砲伝来。
	松平広忠（一五二六～一五四九）	

一五四九年　ザビエル、鹿児島にキリスト教を伝える。
一五五三年　信玄、謙信、川中島の戦い起こる。
大内義隆（一五〇七～五一）

永禄

今川義元（一五一九～六〇）　桶狭間の戦い。
一五六二年　家康、信長と同盟。
安宅冬康（一五二八～六四）
三好長慶（一五二二～六四）
一五七〇年　姉川の戦い。織田・徳川軍、浅井・朝倉軍を破る。

元亀

毛利元就（一四九七～一五七一）　信長、延暦寺を焼き討ち。
北条氏康（一五一五～七一）
一五七二年　三方原の戦い。信玄、家康を破る。

天正

武田信玄（一五二一～七三）
朝倉義景（一五三三～七三）
一五七五年　長篠の戦い。信長、勝頼を破る。
上杉謙信（一五三〇～七八）
織田信長（一五三四～八二）　本能寺の変。
明智光秀（一五二八？～一五八二）
柴田勝家（一五二二？～一五八三）　賤ヶ岳の戦い。

一五八六年　秀吉、九州平定への兵を挙げる。
大友義鎮（一五三〇〜八七）
佐々成政（一五三六〜八八）
一五九〇年　秀吉、小田原を攻め、北条氏降伏。
文禄
一五九二年　第一次朝鮮出兵。
蒲生氏郷（一五五六〜九五）
豊臣秀次（一五六八〜九五）
一五九七年　第二次朝鮮出兵。
慶長
豊臣秀吉（一五三七〜九八）
前田利家（一五三九〜九九）
石田三成（一五六〇〜一六〇〇）　関ヶ原の戦い。
一六〇三年　家康、征夷大将軍に任じられる。
細川幽斎（一五三四〜一六一〇）
新納忠元（一五二六〜一六一一）
島津義久（一五三三〜一六一一）
前田慶次（？〜一六一二？）
今川氏真（一五三八〜一六一五）　大坂冬の陣。
一六一五年　大坂夏の陣、豊臣氏滅ぶ。

元和　徳川家康（一五四三〜一六一六）
直江兼続（一五六〇〜一六一九）
吉川広家（一五六一〜一六二五）
寛永　藤堂高虎（一五五六〜一六三〇）
伊達政宗（一五六七〜一六三六）
慶安　木下長嘯子（一五六九〜一六四九）
明暦　宇喜多秀家（一五七二〜一六五五）

解説　「戦国武将の歌」――綿抜豊昭

名歌か否か

『音楽遍歴』（日経プレミアムシリーズ）の著がある小泉純一郎元首相のメールマガジンの最終号に、その心境を託したものとして次の短歌が載せられた。

ありがとう支えてくれてありがとう激励協力只々感謝

これに対して、香山リカ氏は「プロの歌人である友人は、「頭から追い出したい」といっていたが、ここまで文学性がないと逆に頭に残ってしまう。（中略）オペラや歌舞伎を愛する文人宰相が、なぜ交通安全の標語のような短歌をひねり出せるのか」とのべておられる（『「悩み」の正体』岩波新書）。オペラや歌舞伎のような伝統芸術を愛するからといって、歌を伝統ある文芸と思って詠むとは限らず、多くの人を対象として、わかりやすいメッセージソングを詠んだということではないだろうか。

ところで、香山氏も、小泉元首相の歌ではなく、名もない人のものであったら、こうは注目しまい。実は、戦国武将の歌も似たようなものである。有名な戦国武将だから、その歌が注目されるのである。必ずしも名歌だからというわけではない。

真作・代作・付会作

有名人には、本人にまつわる話が後に創作されることが多いというやっかいなことが生じる。その結果、本人が本当に詠んだかは保証の限りではない、あやしい歌がたくさんあることになる。そういう視点で戦国武将の歌を色で分類すると、次のようになる。

①白色　本人が詠んだ歌。

「家」が江戸時代にも存続し、歌集を残した武将の歌は少なからず残るが、「家」が滅んだ武将の歌は残らないことが多い。しかも確実なものとなると、かなり限られた武将のものしか現存しない。

②白・黒色　代作。

他人に作らせたが、本人のものとして公表された歌のことである。たまたま代作であることがわかる場合もあるが、疑わしくはあるものの、確証がなければ本人のものとして扱うしかない。たとえば「秀吉の歌は大村由己の代作である」とされたりするが（老人雑話）、ほんとうのところはわからない。

③灰色　後世の軍記物などに載る歌。

後世の作品にとりあげられたものである。この中には、本当に本人のものもあるかもしれないが、傍証をえられず、疑わしいものが多い。限りなく黒に近い灰色である。

④黒色　誤伝。

どこかで作者が間違って伝えられた場合である。たとえば「憂き事のなほこの上に積もれかし限りある身の力ためさん」を、作家の童門冬二氏は山中鹿之介の作とするが（『これだけは知っておきたい！日本の歴史名場面100』知的生き方文庫）、熊沢蕃山のものであろう。

本書では、④ははずしたが、②③で本人のものでない可能性が高いものもとりあげた。それらを含むことによって、「戦国武将の歌の世界とは、だいたいこのようなものである」といったことを伝えることができるのではないかと考えたからである。そのため、本書は以下のような構成で歌を配列した。

「文」を左手に（1）　将軍の挨拶は歌付き（2―3）　神仏への願い（4―6）「文」の最高権威・天皇（7―9）　乱世の無常（10―15）　春夏秋冬恋（16―27）　武将の愛（28―30）　連歌師という存在（31―32）　伝説化する武将（33―36）　ユーモアの世界（37―39）　名将は死しても導く（40）

また歌だけでなく、戦国武将は連歌や漢詩も詠んでおり、歌を理解する上で必要と考え、それらも付け加えることにした（41―51）。

実学としての歌

ところで、明日は殺されるかもしれない戦国時代なのに、なぜ武将は歌を詠んだのだろうか。他にすることがあったのでは、と思う人もいるだろうが、歌には実学の面もあった。

応仁の乱がおこったときから、戦国時代がはじまったとすると、時代の当初はまだまだ幕府・将軍に権威があった。幕府は、天皇の住む京都にあり、妻は公家の娘なのだから、将軍に公家的な面があったのは当然であろう。

公家社会では、歌を詠む機会が多く、社交上、歌が詠めることは必須であったといってよい。歌はコミュニケーションで重要な表現方法であり、今風にいえば実学であった。将軍も公家とつき合うのだから歌を詠む。将軍が歌を詠めば、その周辺の家臣も歌を詠むし、中央政権とかかわりのある武将も歌を詠む。さらに歌を詠む武将の家来も歌を詠む、と連鎖していった。秀吉は、関白という公家社会の高位を得たためか、歌会を催し、歌会に招かれた武将は歌を詠むことになる。知性や教養ではなく、腕と度胸で成り上がった武将たちが多くなると、社交上、ユーモアのある狂歌が詠まれた。緊張感をほぐす精神安定剤としての効用があった。

また、武将は、戦勝祈願ということもあって古来神仏を信仰していた。そのため、武将は、神仏とコミュニケーションする一つの方法として歌を詠む。さらに神仏は歌を楽しむ、ということで、願いをかなえてもらうために歌が奉納された。そうした行為を家臣ともどもにおこなった。それはまた、信仰のもとに家臣をまとめるのに役立つことでもあったのである。

また家臣の手前、権威は重要である、と考えた武将の中には、歌にも権威を求めた。天皇や公家に目を通してもらうことで権威付けがはかられたのである。こうした権威付けの行為が、後の明治維新のおりに、大名が天皇を権力の中枢に置くことにもかかわっていたとすれば、歴史的に注目したいところである。

さらに人は観察することによって、ものごとを知ることができる。四季おりおりの変化を認識し、また四季が再び来るという繰り返しを認識し、人間がいかんともしがたい自然のいとなみに謙虚さを学ぶ。そうした時間軸に、たとえば名所といった空間軸を交差させて、物の見方のふくらませ方を学ぶ。恋や愛などを通して、人の心のありようを学ぶ。自然と人の本質的なものを歌を通して学ぶことができたのである。

戦いの最前線で殺し合いをする武士たちにとって、歌は必要ないし、武力だけでいい。しかし、そうした武士を動かす、上に立つ武将はさまざまなことを理解し、知識を得ることが必要である。ものごとの理解や知識を得るのに歌は有益である。歌は単なる趣味的な楽しみではない。

連歌師と武将

なお武将に歌の指導をしたのは、公家だけではない。連歌師と言われる人たちもいる。彼らは連歌だけでなく、歌も指導した。そして実作だけでなく、「古今伝授」という歌の学問も教えた。「古今」はもともと『古今集』のことだが、やがて歌学の象徴として用いられるようになった。「古今伝授」は、ある水準にたっした弟子にのみ伝授される、歌学の秘伝である。細川幽斎のところでも記したように、秘伝が絶えることを憂いた天皇が、幽斎を救う手立てをしたほどである。幽斎は、智仁《ともひと》親王に伝授し、『古今集』の序「人の心を種として、よろづの言の葉とぞなれりける」をふまえた「古も今も変はらぬ世の中に心の種をのこす言の葉」（衆妙集）を贈っている。『古今集』の価値は、昔も今も変わらない、心の種を残すのは、やはり言葉であるという意味である。

名を残す

なお名将は死なない。生物的には死んでも、人々の記憶に生き残り、語り継がれ、伝説化、物語化される。そこでは、本人があずかりしらぬ歌が伝えられて、人々を教え導くなどもした。江戸時代、加賀藩前田家では、正月に雑煮を食べるときに、菜を最初に食べるか否かを問題とした。「菜」は「名」に通じ、名を取るか、名を残すかということに通じるからである。名を大事にした武将たちは、あの世で自分に託された歌を苦々しく思うか、名誉なことと思うか、聞いてみたいところである。

「武」と「文」の両立をめぐって

最後に名将の歌に対するこころがまえのことを書く。

天正十六年（一五八八）、毛利輝元は秀吉に会いに上洛した。その帰路、夕刻、鹿の声が聞こえたので、輝元は歌を詠み、安国寺恵瓊《えけい》に送ると恵瓊は歌を返した。鹿の声を聞いて歌を詠むことは、本人の楽しみを主とするものである。毛利元就《もとなり》の子で、名将の誉れ高き小早川隆景は、以下のように輝元にしばしば歌って聞かせたという。

面白の儒学や、武備のすたらぬほどの心がけ。
面白の武道や、文筆を忘れぬほどの心がけ。
面白の歌学、面白の乱舞、面白の茶の道や、身を捨てぬほどの心がけ。

上に立つ者が一つの分野に集中することの危険性、他の分野のルールを知ることとの必要性を説いており、広くほどほどに、ということである。これは、元就の教えでもある。父からの教えをその孫の輝元に伝えたのである。

元就は、武士は武道を優先し、そのあとに詩歌などを学べば、我が身を助けるが、その基本を忘れると、諸芸は害となる、と述べたという。元就は歌もそれなりのものを残しているが、大内義隆という文弱な武将をまぢかにみていたからか、自らは武将として何を優先すべきかあやまたずに天寿をまっとうしている。義隆の父義興《よしおき》は「文武」ともにそなえていたが、義隆は「武」を捨て身を捨てることになり、大内家の挽歌をかなでることになった。上に立つ武士にとって、あくまでも「武」があっての「文」なのである。織田信長が、今川氏真の蹴鞠の試合を見て、「戦いのコツはわかっているのに、それを合戦に利用しないのが惜しい」といった話が伝わるが、「文」は「武」のために利用するものなのである。

江戸時代になって「武家諸法度」が制定される。その第一条に「文武弓馬の道、もっぱらたしなむべきこと」とある。北条早雲の家訓と同じことがのべられている。家康も「文武」の必要性をよく認識していたのである。

読書案内

○

『もう一度学びたい戦国史』　菊地正憲　西東社　二〇〇六

戦国時代のことが、ビジュアルによくわかる。付録に「主な武将たちの辞世の句」がある。関連書籍・映画紹介も有益。

『戦国武将名言録』　楠戸義昭　ＰＨＰ文庫　二〇〇六

戦国武将のことが、名言でよくわかる。「第六章　学問、趣味、身だしなみ」で歌についてもふれられる。巻末の「主な参考文献」も有益。

○

『武力による政治の誕生』　本郷和人　講談社選書メチエ　二〇一〇

「武」「文」について一章をさいて論じている。武士にとって「文武」とは何か、その本質的なことを知るために、読む価値がある。

○

『武士はなぜ歌を詠むか』　小川剛生　角川選書　二〇〇八

タイトルどおり武士がなぜ歌を詠むかについてのべたもの。本当かどうかわからない話をもとに語られる俗な本と違って、きちんとした資料をもとに論じられている。少々むずかしいが、おすすめ。

『室町和歌への招待』　林達也・廣木一人・鈴木健一　笠間書院　二〇〇七

十五人の武家歌人の歌がとりあげられ、鑑賞されている。一流研究者が著しており、信頼のおけるもの。鑑賞のコツを知るのに有益。

○

『戦国連歌師』　岩井三四二　講談社文庫　二〇〇八

連歌師を主人公とした小説。戦国武将のもとで、連歌師がどのような活動をしていたかをイメージするのに有益。

『連歌の心と会席』　廣木一人　風間書房　二〇〇八

連歌文芸について概説するとともに、その会席についてのべる。前掲『戦国連歌師』を読んで、連歌に興味を持つようであれば、おすすめ。

【付録エッセイ】

文の道・武の道（抄）

『戦国武将』中公新書637（中央公論社　一九八一年）

小和田哲男

文におぼれた武将

戦国の荒波を乗りこえた武将が、波に乗り切れず波間に沈んでいった武将の文化をどのようにみていたのかをうかがう上で恰好のエピソードがあるので、まず紹介しよう。『塩尻』といって、天明二年（一七八二）に天野信景が著わした全百巻の随筆集であるが、その中にこんな話がある。

一書に云、武田信玄の家人長坂釣閑《ちょうかん》といふ者、今川氏真と北条氏政と二人の顕名ある短冊二枚を信玄に見せたり。氏真は甥にて氏政は婿なれば悦ばれんと思ひしに、さもなくて国持の武勇なくて花奢なるは、猫の鼠を取らで毛色麗はしきが如くなり。武篇さへあれば無能なり共、至て花奢なりといふべし。武勇は武士の能なり、家の能にもあらぬ歌道の勝れたるこそ残り多けれ。磑《いしうす》は種々の用に立て共、座敷にはあげず、茶磨は茶を挽く一能にて座上にも置なり。両人の手跡も和歌も石磨芸也と批判せられしとなり。

あらためて解説を要しないであろう。武田信玄が今川氏真と北条氏政の和歌に対する批判を行なっているわけである。北条氏政が和歌にこっていたということはあまり聞かないが、今川氏真は文化人大名の典型といってもいいくらいで、井上宗雄・松野陽一両氏の調査によれば、天正三年（一五七五）の今川氏真詠草に四二八首、「百首」と題する歌集に一〇〇首、「法楽百首」と題する歌集に追加四首を含めて一〇四首、同じく「百首」と題して二つあり二〇〇首、「詠草中」として八一六首、「詠十五首和歌」と題して十五首がある。その他、このように歌集としてまとまったものではないが、短冊になっていたり、『駿州名勝志』などの地誌類に載っているものが五十二首あり、合計すれば千七百首を越える歌を詠んでいたことが知られる。

そんなわけであるから、江戸時代に入ってから、文政十年（一八二七）に松平定信が『閑なるあまり』という随筆のなかで、「日本治りたりとても、油断するは東山義政の茶湯、大内義隆の学問、今川氏真の歌道ぞ」といって、文化によって身を滅ぼしていった者三人の一人にあげているほどである。しかも、「今川氏真の歌道ぞ」といわれるように、まさしく氏真は歌によって身を滅ぼしたのであった。

では、松平定信に「大内義隆の学問」と指摘された大内義隆の場合はどうだったのであろうか。よく、戦国期の地方文化の典型として、大内文化、今川文化、朝倉文化の三つをあげるが、いずれも応仁の乱後の中央貴族の地方下向によって花が開いたものである。

大内義隆の学問といわれるのは、儒学、仏学、神道、和学、有職学などであり、もちろんほかに漢詩文、和歌、連歌などの文学も含まれていた。そればかりではなく、郢曲《えいきょく》といって、催馬楽《さいばら》、今様《いまよう》、朗詠などのような謡《うた》いものを好み、わざわざ京都の家元である持明院家から当主の基規《もとのり》を招いて習ったりしていたのである。ほかに管弦にもこり、能楽も上方から猿楽諸座の大夫や、幸若舞の幸若大夫を招いたりしていた。

連歌も大したもので、たびたび連歌会を開いては月次《つきなみ》連歌などが張行《ちようぎよう》されていたのである。これでは国政がおろそかになるのも道理である。

今川氏真は、父義元が永禄三年（一五六〇）、尾張桶狭間で信長に殺されたあと、その弔い合戦をするでもなく無為に日を過ごし、ついに領国は、駿河は武田信玄に、遠江は徳川家康に分割領有され、戦国大名としては滅亡していったし、一方の大内義隆も、天文二十年（一五五一）八月、重臣の陶晴賢《すえはるかた》の謀叛によって山口を逐われ、九月一日、長門深川大寧寺で自刃して果てたのである。ともに、戦国大名としては落伍者の烙印を捺されてしまった。

以上によって、ひと口に文の道とはいっても、貴族的文化におぼれていった武将は身を滅ぼしていった例が多いことが理解されたことと思う。

和歌と連歌

さて、文の道のなかでも特に重視されていたのが和歌と連歌である。日々戦乱のまっただ中におかれていた戦国の武将たちにとって、和歌の世界にひたり、優美な歌をよむことは、つかの間のやすらぎとはいえ、生活の区切りの一つとして重視されていたことも事実である。

たとえば、

霞より心もゆらぐ春の日に
のべのひばりも雲になくなり

という和歌がある。この和歌だけをみて、その作者はどのような人物と考えるであろう。おそらく、京都の公家を連想する人が多いと思われる。しかし、この和歌は武田信玄の作である。「武田晴信朝臣百首和歌」の一つであり、甲斐・信濃はもとより、上野・武蔵・駿河・遠江など広大な地域にあの「風林火山」の旗をなびかせた同一人物とは思えない。戦いは戦い、和歌は和歌と割り切っていたのである。

しかし、和歌が重視されたのはそれだけの理由でなく、さきに、文化・教養も戦力となったと指摘したように、戦国武将にとって一つの権威づけにつながっていったという側面があったようである。すなわち、和歌に代表される教養を身につけることは、庶民と異なることを示すステータス・シンボルであるという論である。

もう一つ、これはむしろ副次的というべきであろうが、和歌が荒々しい、すさんだ時代における一つの清涼剤というか潤滑油的役割を果たしていたことも無視すべきではないと思われる。たとえば、こんな話がある。

あるとき、今川義元が戦場において、家臣の一人を呼んで「先手の様子を見て、すぐもどってこい」と命令をした。ところが様子を見に行った家臣はすでに戦いがはじまっていたためやむをえず一緒になって戦い、首を一つとって義元の前にもどってきた。義元は、「様子をみてこいといっただけなのに、戦いに加わるとは何事か、軍令違反である」とその家臣をしかりとばしたのである。主君に怒られたその家臣は、そばにいた近習の者に小声で藤原家隆の歌に「苅萱に身に入《し》む色は無けれども見て捨て難き露の下折」というのがあったなと話した。

それを聞きとがめた義元は、さらに怒って「今何と申した」と近習に聞いたところ、藤原家隆の歌であった。そこで義元はしばらく考えこみ「急なるに臨みて、奇特に家隆の歌を思ひ出せし事名誉なり」といって、軍令違反の罪が帳消しにされたという。この話は著者・著作年代ともに不明の逸話集である『備前老人物語』という本に載る逸話で、どこまで史実であるかは明らかではないが、このような例はほかにもいろいろとあったであろう。和歌が、すさんだ武将の心をなごませるという例である。

なお、これも副次的ではあるが、戦国武将たちが和歌のたしなみをもっていたもう一つの理由として、死に臨んだとき、これはというような辞世を残せるようふだんから心がけていたこともあったろう。

綿抜豊昭（わたぬき・とよあき）
＊1958年東京生。
＊中央大学博士後期課程単位取得退学。
＊現在 筑波大学大学院教授。
＊主要編著
『礼法を伝えた男たち』（新典社新書）
『松尾芭蕉とその門流』（筑波大学出版会）
『政宗の文芸』（大崎八幡宮）
『加賀料理考』（共編・桂書房）
『連歌とは何か』（講談社選書メチエ）

戦国《せんごく》武将《ぶしよう》の歌《うた》　コレクション日本歌人選　014

2011年3月25日　初版第1刷発行

著者　綿抜豊昭
監修　和歌文学会

装幀　芦澤泰偉
発行者　池田つや子
発行所　有限会社　笠間書院
東京都千代田区猿楽町2-2-3［〒101-0064］
NDC分類 911.08　電話 03-3295-1331　FAX 03-3294-0996

ISBN978-4-305-70614-0

印刷／製本：シナノ
（本文用紙：中性紙使用）

出版目録は上記住所または info@kasamashoin.co.jp まで。

コレクション日本歌人選　第Ⅰ期～第Ⅲ期

第Ⅰ期　20冊　2011年（平23）2月配本開始

#	歌人	読み	著者
1	柿本人麻呂	かきのもとのひとまろ	高松寿夫
2	山上憶良	やまのうえのおくら	辰巳正明
3	小野小町	おののこまち	大塚英子
4	在原業平	ありわらのなりひら	中野方子
5	紀貫之	きのつらゆき	田中登
6	和泉式部	いずみしきぶ	高木和子
7	清少納言	せいしょうなごん	圷美奈子
8	源氏物語の和歌	げんじものがたりのわか	高野晴代
9	相模	さがみ	武田早苗
10	式子内親王	しょくしないしんのう（しきしないしんのう）	平井啓子
11	藤原定家	ふじわらていか（さだいえ）	村尾誠一
12	伏見院	ふしみいん	阿尾あすか
13	兼好法師	けんこうほうし	丸山陽子
14	戦国武将の歌	せんごくぶしょうのうた	綿抜豊昭
15	良寛	りょうかん	佐々木隆
16	香川景樹	かがわかげき	岡本聡
17	北原白秋	きたはらはくしゅう	国生雅子
18	斎藤茂吉	さいとうもきち	小倉真理子
19	塚本邦雄	つかもとくにお	島内景二
20	辞世の歌		松村雄二

第Ⅱ期　20冊　2011年（平23）9月配本開始

#	歌人	読み	著者
21	額田王と初期万葉歌人	ぬかたのおおきみとしょきまんようかじん	梶川信行
22	伊勢	いせ	中島輝賢
23	忠岑と躬恒	みぶのただみねとおおしこうちのみつね	青木太朗
24	紫式部	むらさきしきぶ	植田恭代
25	西行	さいぎょう	橋本美香
26	今様	いまよう	植木朝子
27	飛鳥井雅経と藤原秀能	あすかいまさつねとふじわらひでよし	稲葉美樹
28	藤原良経	ふじわらよしつね	小山順子
29	後鳥羽院	ごとばいん	吉野朋美
30	二条為氏と為世	にじょうためうじとためよ	日比野浩信
31	永福門院	えいふくもんいん（ようふくもんいん）	小林守
32	頓阿	とんあ（とんな）	小林大輔
33	松永貞徳と烏丸光広	まつながていとくとからすまるみつひろ	高梨素子
34	細川幽斎	ほそかわゆうさい	加藤弓枝
35	芭蕉	ばしょう	伊藤善隆
36	石川啄木	いしかわたくぼく	河野有時
37	漱石の俳句・漢詩		神山睦美
38	若山牧水	わかやまぼくすい	見尾久美恵
39	与謝野晶子	よさのあきこ	入江春行
40	寺山修司	てらやましゅうじ	葉名尻竜一

第Ⅲ期　20冊　2012年（平24）5月配本開始

#	歌人	読み	著者
41	大伴旅人	おおとものたびと	中嶋真也
42	東歌・防人歌	あずまうたさきもりうた	近藤信義
43	大伴家持	おおとものやかもち	池田三枝子
44	菅原道真	すがわらみちざね	佐藤信一
45	能因法師	のういんほうし	高重久美
46	源俊頼	みなもとのしゅんらい（としより）	高野瀬恵子
47	源平の武将歌人		上宇都ゆりは
48	鴨長明と寂蓮	かものちょうめいとじゃくれん	小林一彦
49	俊成卿女と宮内卿	しゅんぜいきょうのむすめとくないきょう	近藤香
50	源実朝	みなもとのさねとも	三木麻子
51	藤原為家	ふじわらためいえ	佐藤恒雄
52	京極為兼	きょうごくためかね	石澤一志
53	正徹と心敬	しょうてつとしんけい	伊藤伸江
54	三条西実隆	さんじょうにしさねたか	豊島恵子
55	おもろさうし		島村幸一
56	木下長嘯子	きのしたちょうしょうし	大内瑞恵
57	本居宣長	もとおりのりなが	山下久夫
58	正岡子規	まさおかしき	矢羽勝幸
59	僧侶の歌	そうりょのうた	小池一行
60	アイヌ叙事詩ユーカラ		篠原昌彦

『コレクション日本歌人選』編集委員（和歌文学会）
松村雄二（代表）・田中　登・稲田利徳・小池一行・長崎　健